I0635368

Illisibilité partielle

Couvertures supérieure et inférieure
en couleur

LOUIS PETIBON

LES MARIAGES EN CHEMIN DE FER

LE MARIAGE

DE LA

PETITE PROVIDENCE

PARIS

E. DENTU, ÉDITEUR

LIBRAIRE DE LA SOCIÉTÉ DES GENS DE LETTRES

3, place de Valois, Palais-Royal.

1889

TOURS. — IMPRIMERIE MAZEREAU.

LE MARIAGE

DE

LA PETITE PROVIDENCE

OUVRAGE DU MÊME AUTEUR

LES ORIGINAUX A VICHY, 4ᵉ Édition. . . . ı volume

Tours. — Imp. E. Mazereau.

LOUIS PETIBON

LES MARIAGES EN CHEMIN DE FER

LE MARIAGE

DE LA

PETITE PROVIDENCE

PARIS

E. DENTU, ÉDITEUR

LIBRAIRE DE LA SOCIÉTÉ DES GENS DE LETTRES

3, place de Valois, Palais-Royal.

1889

LE MARIAGE

DE LA PETITE PROVIDENCE

Saint-Brieuc... Six heures du soir...
L'express va partir... Il m'emporte jusqu'au Mans, l'express, moi, mes bagages,
et deux énormes gâteaux de Saint-Brieuc
dont ma bonne tante m'a chargé et que je
dois remettre à mes parents, à mon arrivée
dans cette grande ville maritime et commerciale du Hâvre.

Ces deux énormes gâteaux m'ont été
remis avec la recommandation suivante :

— La moindre pression, mon cher ami,

et une catastrophe s'ensuivra : les deux gâteaux seront en miettes ! Aie donc, mon ami, mon cher Pierre, la main excessivement légère, les yeux constamment braqués dessus ! Figure-toi que je t'ai placé devant du lait qui va bouillir !

— Tu peux compter, ma chère tante, sur mon doigté et sur ma vigilance !...

— Merci !...

La porte vitrée de la salle d'attente s'ouvre.

L'employé crie des noms de villes d'une voix bizarre...

— Adieu, ma chère tante...

— Adieu, mon ami...

— Votre billet, monsieur ?

— Voici...

— Passez !...

Dernier adieu de la main à ma tante... Je passe...

Me voici sur le quai. Je cherche un coin. A l'exemple de beaucoup de gens, j'ai l'habitude de chercher un coin, quand je prends la ligne ferrée...

Je marche, je cherche, je fouille... Je vais de la locomotive au dernier wagon ; du dernier wagon à la locomotive ...

Pas de coin !...

J'ai l'horreur des compartiments complets. Si je ne puis avoir un coin, je veux au moins un compartiment dans lequel il n'y ait que quatre personnes... au plus...

7... 8... 6... 5... 6... 9...

Le compartiment le moins encombré porte cinq personnes. Ça va se passer comme au jeu des *Petits chevaux* : il faut prendre « le cinq » ou ne rien prendre du tout...

Prenons le cinq...!

Je monte !

On paraît consterné dans le wagon.

Si vous êtes observateur — et vous l'êtes, lecteurs ! — Si vous êtes observateur, vous avez certainement remarqué cet air consterné, dans un compartiment, quand un nouvel arrivant se dresse à la portière... « Qu'est-ce que c'est que ce gêneur ? » Alors même que le nouvel arrivant ne peut gêner, que l'on ne sera pas dans l'obligation de se sentir les coudes ; alors même qu'il n'est que troisième, par exemple, les deux premiers le regarderont, grincheux.

Me voici dans le compartiment.

Un des coins du compartiment est occupé par un monsieur. Un béret garantit des courants d'air la tête de ce monsieur.

L'autre coin, du même côté, est occupé par une dame — la femme du monsieur au béret, probablement.

Regardons de l'autre côté : Un coin est
occupé par une dame, cheveux blancs, distinguée, grand air...

L'autre coin est occupé par un monsieur
d'une soixantaine d'années paraissant très
fatigué — le mari de cette dame, cela
se voit.

A côté de la dame dont j'admire le grand
air, les beaux cheveux blancs, une jeune
fille jolie, moderne, exquise, — sa fille...

Je suis content... Une jeune fille exquise,
c'est parfait, parfait !...

Je vais m'asseoir, déployer le *Figaro*,
et, tout le temps, par-dessus, jusqu'au
Mans, je lorgnerai... Profil très fin... Elle
est délicieuse... brune...

Elle sourit à sa mère...

Charmant, gracieux, fin sourire...

Et mes deux gâteaux de Saint-Brieuc ?..

Je veux les placer délicatement dans le

filet. Mais, dans le filet, pas de place !
Encombré, le filet !... Faudra-t-il donc les
garder sur mes genoux !...

La jeune fille gracieuse, exquise, et
moderne, voit mon embarras, ma peine,
mon ennui... Elle élève les bras... (Qu'elle
est gracieuse, en faisant ce mouvement !...)
Elle élève les bras, dis-je, et fait une
petite place à mes deux gâteaux...

Mes gâteaux y entrent tout juste, dans
la petite place...

Je salue... correctement... comme un
préfet... et, au fond, je suis très touché...

Ah ! si ma tante de Saint-Brieuc était
là ! Elle serait touchée, elle aussi ! Elle
dirait : « C'est la Providence qui permet
que cette jeune fille si exquise fasse une
petite place, dans le filet, à mes deux
gâteaux ! »

On donne le signal. Le train part.

Silence solennel, dans le compartiment...

Saint-Brieuc s'enfuit. Les fossés, les
ajoncs, les bois, les champs des Côtes-du-
Nord, défilent. Nous regardons tout cela.
Nous regardons aussi la lampe du wagon,
la sonnette d'alarme, le filet encombré de
bagages, de cannes, de parapluies, les
banquettes capitonnées grises et sales de
la Compagnie de l'Ouest.

Nos yeux s'arrêtent un instant sur chacun
des voyageurs, errent dans le vide, con-
templent les petits rideaux bleus secoués
par le vent, comme des pavillons de navires, puis, regardent la campagne qui
semble exécuter un tour de valse fantas-
tique...

Un bouquet très poétique, suspendu au
filet, se balance comme une escarpolette,
au-dessus de cette fine tête de jeune fille...

1.

Je le regarde, le bouquet. Il s'en va, il revient... Son balancement m'amuse...

Ce n'est pas toujours le balancement du bouquet qui me préoccupe. De temps en temps, mes regards s'abaissent, mais ils remontent bien vite au bouquet qui se balance toujours comme une escarpolette...

Crac ! le bouquet vient de tomber sur les genoux de la « Petite Providence » des deux gâteaux de Saint-Brieuc. La « Petite Providence » veut l'accrocher de nouveau, le bouquet, mais, il ne tient pas, il tombe, et il retombe...

Je viens en aide à la jeune fille qui, tout à l'heure, elle aussi, m'a secouru, et de nouveau, le bouquet est suspendu au filet.

Le voyageur au béret, un homme d'une trentaine d'années, moustaches formidables, nez gigantesque, rompt le premier le silence. Il dit :

— Dans quelques instants, nous apercevrons une dernière fois la mer...

Tous les yeux interrogent l'horizon... Il ne m'apprend rien, le voyageur au béret ! Je connais mes Côtes-du-Nord sur le bout des doigts. Je sais bien que nous verrons la mer... dans trois ou quatre minutes, pas avant...

Ce n'est pas au voyageur au béret, très fort, grâce au guide Joanne, qu'il appartient d'annoncer une apparition de la mer ; c'est à moi, qui viens de passer un an dans une île peuplée de femmes !... Oui, des femmes, des femmes, et des femmes... et moi, seul, représentant le sexe masculin !...

Les pères, les maris, les fils de ces femmes, tous marins, tous partis en voyage !

— La mer !!...

Je la regarde, je l'admire. C'est elle qui
m'a donné mes plus grandes joies, pendant
que j'étais Robinson...

« Au revoir, mer bleue des beaux jours
de juillet !... Au revoir, mer grise de décembre !... Bleue, gaie, grise, sombre, je
t'aime toujours !...

La jeune fille gracieuse, exquise,... la
« Petite Providence », elle aussi, est debout... Elle regarde, elle se penche...

Aime-t'elle la mer ?

Finie, l'apparition ! De nouveau, les
arbres, les champs, les fossés, les ajoncs,
la campagne qui valse !...

Le voyageur au béret et sa femme —
une blonde fort jolie — ont appétit. Ils font
la dinette. A gauche, le papa, la maman
de la « Petite Providence » et la « Petite
Providence » elle-même, imitent leur
exemple...

On a bon appétit, dans le comparti-
ment !... A droite, à gauche !... Délicieux !
une jeune fille qui grignotte ! Et la « Petite
Providence » grignotte adorablement...
Elle veut boire aussi, l'exquise jeune fille.
Mais son verre est affreusement secoué.
Je jette un regard à la sonnette d'alarme...

« Si j'arrêtais le train, pour permettre
à la « Petite Providence » d'absorber le
contenu de son verre ? »

Ah !... elle a bu !...

La « Petite Providence ! » c'est ainsi que
je la nomme, maintenant ! Je ne sais ni son
nom, ni son petit nom, je suis bien forcé de
la baptiser à ma guise !... Son nom !...
Est-ce que je le saurai, un jour, son nom ?...

Le voyageur au béret parle constamment. Il s'adresse à sa femme, il s'adresse
à la Petite Providence, qui ne lui répond
guère ; il s'adresse à moi qui n'ai pas les

débuts communicatifs, qui n'aime pas que
l'on brusque ma connaissance.

Il a beaucoup voyagé, cet été. Il a vu
Nice, Monte-Carlo, Vittel, Vichy... Il habite Lyon, ville superbe, magnifique, qui
l'a vu naître — Lyon a de la chance !

Nous sommes prévenus qu'il descendra
à Rennes et il continue ses discours, parlant, parlant, parlant, laissant à peine à
sa femme le temps de placer un mot.

— Rennes !...

Le voyageur au béret ouvre la portière,
prend ses bagages, nous salue, me salue,
et, non seulement me salue, mais me tend
la main. Je la serre avec empressement.
Profond salut à sa femme...

Enfin !... Me voici seul avec la famille de
la Petite Providence ! Je ferme vite la
portière. Si personne ne monte à Rennes,
il y a des chances que personne ne monte

avant le Mans ! Je descendrai au Mans, pour prendre le train de Normandie.

Deux heures d'attente dans la gare du Mans !... Pas amusant !

Personne ne monte. Le sifflet se fait entendre. Le train s'ébranle. Nous sommes partis... Pas de gêneurs ! A moins que je n'en sois un pour mes compagnons de voyage !...

Je déploie le *Figaro*. J'ai l'air de le dévorer des yeux, de l'apprendre par cœur, mon *Figaro !*...

La nuit est venue. La lampe du wagon éclaire le compartiment d'une lumière tremblotante.

Le papa et la maman de la Petite Providence prennent leurs dispositions pour dormir... Maintenant, ils se reposent.

Et la Petite Providence va-t-elle aussi dormir ?...

Je ne le pense pas.

Je la regarde par-dessus mon *Figaro*.

Elle regarde dans le vide... Quelle fine tête ! Quel joli visage !... Mais... voyons ! Est-ce que je vais m'absorber tout le temps dans la lecture du *Figaro* ? Est-ce que la » Petite Providence », l'exquise jeune fille, que je « détaille » sournoisement, va regarder tout le temps dans le vide ?... Si je faisais en sorte de l'empêcher de regarder dans le vide ! Si je lui disais quelque chose dans ce genre :

— Mademoiselle, c'est cristallisant d'ennui une nuit en chemin de fer... Pas trop cristallisant pour moi qui puis vous admirer et qui, certes, ne m'en prive pas, mais pour vous... Voulez-vous avoir l'obligeance de vous figurer que vous êtes à un bal, sous l'œil vigilant de madame votre mère ?...

Elle dort en ce moment, madame votre mère, mais, soyez persuadée, mademoiselle, qu'une maman ne dort que d'un œil, quand un jeune homme parle à sa fille !...

Veuillez donc vous figurer que je suis votre danseur, mais que la valse que vous m'accordez, nous la causons !... Est-ce entendu ?... Voulez-vous que nous commencions à la causer, cette valse ?...

Ce petit discours-là, travaillé derrière mon *Figaro*, que les mouvements du wagon me faisaient agiter comme une sonnette, je ne le prononçai point. Je suis timide à mes heures. Le hasard vint à mon secours. L'entrée en matière fût bien plus simple, et, par conséquent, bien meilleure...

La glace de la portière était à moitié baissée et le vent qui s'engouffrait par là, gênait la mère de la Petite Providence...

La Petite Providence, pleine de prévenances, que j'avais déjà admirée, tout attendri, lorsque, au départ de Saint-Brieuc, elle avait dit à sa mère :

« Maman, tu sais, si le parfum de mon bouquet te gêne le moins au monde, je le jette ! »

(Ah ! le beau, le grand, le noble sacrifice !)

La Petite Providence, dis-je, se leva, pour hausser la glace... Mais, moi aussi, je m'étais levé...

— Mademoiselle, veuillez permettre...
La Petite Providence m'adressa un charmant sourire de reconnaissance et me dit :

— Merci, monsieur.

Ça vous paraît tout simple à vous, ce merci !...

J'avais rendu un tout petit service, on me le devait, ce merci !...

A moi, il ne parut pas tout simple. Il résonna à mon oreille, gaîment, joyeusement, comme un air de musique vif, enlevé, comme un chant d'oiseau, comme le chant du pinson. La Petite Providence ne pensa pas sans doute que je trouvais si joyeux les deux mots prononcés : « Merci monsieur ! » qu'ils mettaient une fête en moi-même...

Ah ! béni merci ! il m'offrait l'occasion de parler à la toute gracieuse, à l'exquise jeune fille ! Il me disait, ce merci, joyeux comme un noël :

« Jusqu'au Mans, grâce à moi, les heures te paraîtront des minutes. C'est moi qui t'offre une causerie délicieuse dont tu te souviendras toute ta vie... »

Et, alors, je dis, me rapprochant, afin que le bruit de ma voix ne réveillât point les parents de la Petite Providence... je dis :

— Je regrette beaucoup, mademoiselle, de ne pas avoir pensé plus tôt que la glace entr'ouverte pouvait vous gêner...

— Ce n'était pas moi qu'elle gênait, monsieur, c'était maman...

— Mais la lecture du *Figaro* m'absorbait tellement...

Un mensonge de dimension !

Non, la lecture du *Figaro* ne m'absorbait pas. C'était elle, la Petite Providence, qui m'absorbait toujours, toujours, depuis le moment où, pour la première fois, je l'avais aperçue, dans ce compartiment du train, en face de la gare de Saint-Brieuc.

Si les femmes savent lire au dedans de nous, elle vit que je mentais, et, certainement, elle eût envie de rire.

Et cette Petite Providence si gracieuse, qui avait cependant répondu à peine au voyageur au béret, et moi qui avais les débuts si peu communicatifs, de suite, de suite, nous fûmes amis. Instantanément, nous eûmes l'un en l'autre une grande confiance... Je lui appris, à la Petite Providence, que je venais de passer une année entière dans une île...

— Je suis Robinson Crusoë, lui dis-je.

— Un Robinson moderne, répondit-elle, en riant. L'antique Robinson n'ayant pas de barbier dans son île, avait une barbe inculte, tandis que vous vous avez la barbe taillée en pointe... L'antique Robinson avait aussi, si je ne me trompe, un vêtement en peau de bête, et vous, vous avez un veston en drap et des bottines pointues... Je vous avoue que, sur une plage déserte, votre apparition me ferait moins peur que l'apparition du classique Robinson... Quel est le nom de votre île, monsieur ?

— Bréhat, mademoiselle... « plein de grandeur, de poésie », nous dit le Guide Joanne. Et, je puis vous affirmer que, cette fois, le Guide Joanne a dit la vérité. L'île de Bréhat est splendide, merveilleuse, féerique, avec sa ceinture d'immenses rochers — des géants — avec ses phares qui, la nuit, lui font un diadème de feu, avec cette mer qui l'entoure, si bleue, si jolie, si fascinante, quand le temps est beau, si terrible, si belle dans sa colère, dans sa rage de bête fauve, quand la tempête soulève et creuse ses vagues...

— Oh ! mais je voudrais la connaître, votre île ! Quand je reviendrai en Bretagne, j'irai la voir !.. Est-elle grande ?...

— Trois lieues de tour... Mille six habitants, hier ; mille cinq, aujourd'hui ?

— Pourquoi mille cinq, aujourd'hui ?

— Parce que je n'y suis plus...

— C'est juste !...

— L'île de Bréhat est peuplée de femmes..· Un désert d'hommes !

— On doit y bavarder dans votre île !

— Un peu...

— Beaucoup... n'est-ce pas ?... beaucoup ?

— Passionnément !

— C'est toujours « passionnément » que les femmes bavardent !.. Mais, je vous prie, dites-moi la vérité franche : il y a au moins un homme dans votre île ?...

— On y rencontre par hasard un vieillard — un échappé de Neptune — par un autre hasard, un tout jeune homme... Les marins, les enfants, parcourent les mers. Les uns sont capitaines, les autres, matelots ; les petits, les enfants, qui ont quitté bien jeunes, bien jeunes, leurs mamans, sont mousses...

La Petite Providence m'écoute attentivement... Elle est si gracieuse, si jolie, si moderne, quand elle écoute!... Elle sourit un peu...

C'est que je « m'emballe », quand je parle de mon île, de ce Bréhat qui m'a vu naître. — Il a de la chance, Bréhat! Absolument comme Lyon qui a vu naître le voyageur au béret...

— Mais... que faisiez-vous, dans votre île, pour vous distraire? me demande très intriguée, la Petite Providence... De magnifiques rochers, c'est beau! Une mer bleue, c'est joli! Mais vous n'avez pas passé une année entière à les contempler tout le temps, je suppose, vos magnifiques rochers et votre mer bleue?

— J'ai pêché, en été, chassé, en hiver.

J'ai pêché la crevette sur des grèves immenses, couvertes de varechs, des grèves qui n'en finissent plus, qui s'étendent au loin, où viennent s'abattre des troupes nombreuses d'oiseaux de mer. Et je poussais avec ardeur mon filet dans les herbes marines où elle se cache, la crevette.

— Et vous en preniez, des crevettes ?

— Des masses...

— Est-ce que j'en prendrais aussi, moi, si je pêchais ?

— Mais certainement... Pourquoi pas ?

— Parce que je ne sais pas cette pêchelà....

— Vous en savez une autre ?

— Oui...

— Laquelle ?

— Tout à l'heure, je vous le dirai, quand vous aurez terminé l'histoire de votre existence dans l'île de Bréhat...

— Mais, j'ai terminé... terminé...

—. Non, non, non, non.

— Eh bien ! je pêchais, je chassais...

Nous faisions des excursions en mer, à bord d'un yacht appartenant à mon oncle qui habite Bréhat. Nous étions nombreux. Nous quittions le port de Bréhat toutes voiles déployées, les pavillons flottant gaiement, agités par la brise. Nous allions à la pêche. Nous opérions des descentes dans les ilots qui avoisinent Bréhat. Nous entrions en rivière. Je vous parle de l'embouchure du Trieuc. C'est là que l'on veut faire un port de refuge pour les Torpilleurs. Nous montions jusqu'à Lézardrieux, précédé d'une dépêche au Vatel de l'endroit. Le Vatel savait que nous arrivions toujours avec des appétits de cannibales et faisait merveille.

Après le déjeuner copieux, nous allions

admirer le magnifique pont suspendu, d'une hardiesse étonnante, jeté sur le Trieuc. Puis, nous nous réembarquions et nous revenions à Bréhat, où nous arrivions avec un nouvel appétit formidable. La mer, mademoiselle, quel merveilleux apéritif !

— Votre vie était charmante ! s'écrie la Petite Providence, et elle sourit, en me regardant, d'un sourire tout étonné. Évidemment, elle n'a jamais vécu, elle, de la vie de Bréhat...

— Et vos soirées, monsieur, vos soirées, comment les passiez-vous ?

— Ah ! mes soirées ! Je les passais d'une façon qui m'amusait extraordinairement. Pas de théâtres, cependant, dans mon île ! Pas de cafés étincelants de lumières ! Pas de bals !... Voici, mademoiselle, comment je les passais :

Les ombres du soir s'étendent sur Bréhat, et je vous prie de noter que si tout
est féerie dans mon île, les ombres du soir
de Bréhat ressemblent cependant aux
ombres du soir... de Saint-Brieuc, par
exemple !...

Mes amis — des jeunes gens venus à
Bréhat pour se reposer des fatigues de
l'examen, de leurs travaux — et moi, nous
nous réunissions au pied d'un grand rocher
Nous nous adjoignions deux douaniers pos-
sédant un creux de voix magnifique...

Et les ombres du soir s'abaissent de plus
en plus. Dans les ténèbres, on chuchotte,
on s'impatiente. Nous devinons que, à
quelques pas de nous, il y a beaucoup de
monde. C'est que, tous les soirs, nous donnons des concerts, nous faisons admirer
l'harmonie de nos voix. Le tout Bréhat,
le Bréhat sélect, le Bréhat des premières,

qui, vu la rareté des choses théâtrales, se fait volontiers le Bréhat des secondes, des troisièmes, vient nous écouter, nous applaudir. Les lendemains des concerts, il nous regarde avec admiration. Il ne dit pas que nous sommes des virtuoses, il ne sait peut-être pas le mot, mais il dit que nous chantons bien. Fiers des compliments, nous saluons, et nous continuons notre chemin, la poitrine développée dans nos vestons qui nous moulent, la tête en arrière.

Nous allons à la répétition qui se fait sur le plus grand rocher d'une grande grève.

Voilà, mademoiselle, comment Robinson passait grand nombre de ses soirées, dans son île. Ces concerts avaient quelque chose de primitif, et, au pied de mon rocher, chantant à pleine voix, j'ai pensé

2.

quelquefois à Adam et Ève éveillant, jadis, les échos du Paradis terrestre — eux non plus n'avaient pas de pianos !

Je vous l'avoue, sans honte, je m'amusais franchement, énormément, et je les regretterai peut-être quelquefois, les soirées de mon île quand, l'hiver prochain, je serai à m'ennuyer au théâtre, en écoutant une pièce archi-connue, ou en subissant les petits potins de Mme X. ou de Mme Z., sublimement stupides, quoique belles, dans leurs merveilleuses toilettes de soirées...

J'ai terminé, mademoiselle... A votre tour !

Peu à peu, nous nous sommes éloignés du papa et de la maman de la Petite Providence.

Nous occupons, maintenant, l'autre extrémité du wagon. La Petite Provi-

dence a la place du voyageur au béret ; moi,
j'ai la place de la femme du dit voyageur...

Elle dit :

— J'ai pris le train à Guingamp, monsieur ; j'ai passé un mois dans cette petite
ville...

— A Guingamp !

La Petite Providence a dû voir le regret
que je mettais dans cette exclamation. En
effet, je suis allé plusieurs fois à Guingamp, pendant le mois écoulé. Nous
avons marché tous deux dans les mêmes
rues, sur les mêmes trottoirs... pardon !
sur le même trottoir, car il n'y a qu'un
seul trottoir à Guingamp, sur les mêmes
pavés, et je ne la connaissais pas ! et je ne
savais même pas que la Petite Providence
existait ! et c'est précisément le jour de
notre départ de Bretagne que nous faisons
connaissance !

— Oui, monsieur, à Guingamp... A Bréhat, dans votre île merveilleuse, sur vos grèves immenses, vous étiez un pêcheur sans pareil; eh bien ! moi, dans mon Guingamp modeste, sur les bords du Trieuc, cette rivière toute petite, j'étais une pêcheuse extraordinaire, je prenais des quantités surprenantes de truites...

— Vraiment ?

— Vraiment !

Vous y pêchiez aussi des crevettes ?

— Ça, c'est pour me taquiner ! Vous savez bien qu'il n'y a pas de crevettes en eau douce !

— Je vous demande pardon...

— Je vous pardonne...

— Merci !...

— Ce mois, à Guingamp, nous a paru court. Les délicieuses promenades sous le beau soleil !... La belle campagne ! Comme elle repose de Paris... Nous habitons Paris... Papa est très fatigué, très souffrant... Il a tant travaillé, papa ! Notre docteur lui a recommandé le repos absolu, dans un pays calme... Nous avons choisi Guingamp où nous avons des parents.

— La santé de monsieur votre père est meilleure ?

— Hélas ! non. Papa est encore très fatigué, très fatigué... Maman et moi nous sommes désolées. Ma sœur, restée à Paris, sera douloureusement surprise en voyant que l'éloignement de Paris, des affaires, ce pays de Bretagne si reposant, n'ont pas donné l'amélioration prédite par le médecin...

— Ne désespérez pas, mademoiselle. A votre arrivée à Paris, cette amélioration que vous ne voyez pas encore, se montrera peu à peu... Vous avez une sœur ?...

— Oui, monsieur, mariée, maman. Je suis tante. On prétend que je gâte énormément son fils aîné, mon filleul. Et, cependant, je suis sévère à l'occasion, très sévère...

— Très sévère ?

— Très sévère !...

Et nous bavardons ! et nous bavardons !

Nous ne remarquons pas que le temps passe avec rapidité et que le train, dans la nuit, se rapproche du Mans.

La Petite Providence, avec une joie enfantine, m'annonce que, à sa rentrée à Paris, elle sera demoiselle d'honneur. Sa meilleure amie se marie...

— Je voudrais bien vous voir, au moment de la quête par exemple, mademoiselle, vous serez charmante !... La Petite Providence sourit.

— Vous n'allez pas à Paris ?...

— Non, mademoiselle, je vais au Havre où réside ma famille et où je réside. Je suis appelé pour accomplir une période de vingt-huit jours. Je suis réserviste. Un séjour dans une caserne, pas très riant ! J'avais espéré ne pas les faire, ces vingt-huit jours. J'avais demandé un sursis, et, comme Perrette, dans le Pot au lait, j'avais fait des projets. Mon sursis accordé, je partais pour Vichy, la grande station thermale que j'aime. Hélas ! le sursis n'est point venu. Je l'ai attendu en vain. Il a fallu partir, renoncer à Vichy. Je suis désolé...

La Petite Providence prend part à mon chagrin. Elle me fait la prédiction suivante :

« Monsieur, votre « sursis » vous a précédé au Havre. Vous irez à Vichy. »

Et souriant :

— Je suis magicienne... un peu.

La Petite Providence m'apprend qu'elle adore la musique. Mais la musique classique, a sa préférence.

Mon regard, distraitement, va à la portière... Mon cœur se serre. J'aperçois une grande quantité de lumières : Le Mans !... Je vais me séparer de la Petite Providence... Ne la verrai-je plus jamais, cette jeune fille exquise qui a poétisé cette partie de mon voyage ?... Elle ne sait pas mon nom ; je ne sais pas le sien...

Et les lumières se rapprochent, se rapprochent...

— Mademoiselle, je ne puis remettre ma carte à monsieur votre père qui se repose. Voudriez-vous avoir la bonté, à son réveil de la lui remettre ?...

La Petite Providence prend ma carte. Ma voix tremble :

— Mademoiselle... veuillez.. veuillez me dire... le nom de monsieur votre père...

— M. Roberval. Nous habitons rue Taitbout.

Le train ralentissait sa marche. Nous entrions en gare. Le train s'arrêtait...

Je prenais mes deux gâteaux de Saint-Brieuc. Je saluais profondément le papa et la maman de la Petite Providence que l'arrêt du train avait réveillés, et je faisais mes adieux à la Petite Providence.

Je refermais soigneusement la portière du compartiment, après avoir regardé une dernière fois la jeune fille qui avait poétisé cette partie de mon voyage, et je pensais, en me dirigeant vers la gare :

« Elle va dormir maintenant, la Petite Providence. »

3

II

Je viens d'entendre les sourds roulements du train qui emporte la Petite Providence... Je pousse un grand soupir...
Finie, la charmante, l'exquise apparition !
N'est-ce point un beau rêve que j'ai fait,
dans mon sommeil, de Saint-Brieuc au
Mans ? Existe-t-elle réellement, cette
petite fée qui, tout à l'heure, me semble-
t-il, était en face de moi, et me parlait, et
me charmait, dans ce train qui, lui aussi,
a disparu ?...

Et, si mes souvenirs ne sont point des souvenirs de rêve, pourquoi suis-je descendu au Mans ? Est-ce que l'on ne va pas au Hâvre par Paris ?... Pourquoi ai-je interrompu un entretien si délicieux, quand il m'était si facile de le prolonger ?

Quoi qu'il en soit, je suis là, sur ce quai en face de la gare du Mans, étincelante de lumières, bousculé par les voyageurs, les oreilles pleines du bruit des sourds roulements, des cris stridents des locomotives, et l'imagination entièrement accaparée par une image, qui ne veut pas s'en aller, de jeune fille adorable...

Cette jeune fille, je l'ai cependant nommée la Petite Providence ! C'est elle qui a fait une place, dans le filet, aux deux gâteaux de Saint-Brieuc ! C'est elle qui a excité mon admiration par sa conversation pleine d'esprit ! C'est elle qui souriait d'un sourire si fin, à mon emballement, lorsque je parlais de mon île ! C'est elle qui m'a parlé d'une façon si touchante de son père malade ! C'est elle qui sera exquise, enviée, à ce mariage de son amie ! Et c'est elle qui vient de s'en aller, de disparaître, dans la nuit, enlevée par la grande bête noire !...

... Je ne veux pas entrer dans la salle d'attente. Je veux rêver, seul, sous le ciel, et, non dans une gare à côté de voyageurs qui dorment dans les fauteuils, qui s'allongent, sur les canapés, qui font des grands bras, qui s'étirent, qui ronflent, qui réparent leur toilette, devant la grande glace de la salle d'attente !...

Je sors de la gare et j'erre à l'aventure dans les rues sombres du Mans...

« Le joli sourire !.. Quel joli sourire vous avez, Petite Providence !... Que vous ai-je dit, en prenant congé de vous ?

» Adieu, mademoiselle, je vous souhaite un voisin moins bavard, pour la seconde partie de votre voyage !...

..» Maintenant que nous sommes séparés, que chaque tour de roue vous éloigne de votre compagnon de route, que pensez-vous de lui ?

» Depuis longtemps, sans doute, vous avez oublié le voyageur au béret... Ai-je le même sort ?...

» Vos yeux plongent-ils encore dans le vide, Petite Providence ?... Dormez-vous ? Je ne vous ai jamais vue dormir... Vous devez être charmante, quand vous dormez !... »

Et pendant mes deux heures d'attente, au Mans, je ne pense qu'à elle, qu'à notre conversation si longue en réalité et qui m'a paru si courte, qu'à son charmant et fin sourire.

Et je me demande si je la reverrai ; si
son souvenir va me poursuivre, si, après
vingt-huit jours d'une vie de soldat, de
courses au grand air, à travers les cam-
pagnes, de combats avec des armes...
chargées à blanc, de joyeux repas, dans
les fermes, avec de gais compagnons,
d'anciens amis de l'année du volontariat,
le désir de la revoir, de lui parler encore,
sera en moi aussi violent ?...

... J'ai pris place dans un compartiment
du train de Normandie. Le train s'est mis
en marche. Je suis seul, cette fois. La seconde partie de mon voyage contraste
avec la première. Dans la première,
l'express, à toute vitesse, fièrement,
s'avançait, dévorant l'espace. Les petits
rideaux bleus s'agitaient joyeusement,
comme des pavillons de navires. Un bouquet très poétique se balançait gracieuse-

ment au-dessus d'une fine et jolie tête de
jeune fille. Et cette jeune fille, je la vois
encore, en imagination, bavardant gaiement avec un jeune homme — blond, de
taille moyenne, la barbe taillée en
pointe...

Maintenant, ce n'est plus l'express qui
m'emporte, c'est un train omnibus qui me
voiture !... Il s'arrête à chaque instant, à
toutes les petites gares. La lampe qui
tremblote et qui donne à ce compartiment
où je suis, seul, un aspect lugubre, me
ferait voir, s'il y avait un voisin, enveloppé
dans ma couverture, étendu sur les cous-
sins. Un bouquet poétique ne se balance
plus en face de moi. Les petits rideaux
bleus s'agitent encore ; mais, l'on dirait des
ailes d'oiseaux qui battent, une dernière
fois, avant de retomber inertes. Enfin l'exquise jeune fille que j'ai contemplée, de six

heures du soir à minuit, s'en est allée, laissant le jeune homme blond, de taille moyenne, la barbe taillée en pointe, continuer seul le chemin, enroulé dans une couverture de voyage.

De temps en temps, un coup de sifflet, strident déchire l'air, retentit dans la nuit.

Sous moi, les roues tournent lugubrement. Le froid de la nuit commence à se faire sentir. Et je pense :

« Ce n'est pas un train qui roule ainsi, c'est un corbillard !...

Je m'endors, bercé dans mon corbillard. Lorsque je me réveille, il fait jour... Une belle matinée.,. Le soleil pénètre à flots dans mon wagon...

Elle est à Paris maintenant, la Petite Providence, bien fatiguée, sans doute, de sa nuit complète en chemin de fer !...

Et cependant, si les nuits en chemin de fer ne fatiguent pas plus les jeunes filles que les nuits au bal, la Petite Providence a, en ce moment, le visage aussi frais qu'elle l'avait, hier, à six heures du soir, à Saint-Brieuc. Une nuit au bal nous éreinte, nous, les hommes. A l'aurore, nous devrions nous cacher ! Elles, les êtres frêles, délicats, n'ont pas senti les brûlures des lustres, ont subi, victorieuses, une nuit de fatigues, d'étouffements, de valses endiablées !...

Je regarde à la portière.

Les champs de Normandie exécutent la même valse que les champs de Bretagne. C'est un tournoiement continuel... Ah ! si la Petite Providence était là, regardant aussi à la portière, que cette campagne me paraîtrait belle et gaie ! Que ces grands bois, à l'horizon, me paraîtraient superbes !

3.

Hélas ! je suis seul...

Les dernières stations défilent... Lisieux... Pont-l'Évêque... Honfleur...

Honfleur ! mes bagages sont empilés sur l'omnibus. Mes deux gâteaux de Saint-Brieuc, je les tiens à la main... Je vérifie... Ils sont intacts... Je prends place dans l'omnibus. Nous filons vers le port. Le bateau qui fait le service entre le Havre et Honfleur et vice versa va partir. La cloche carillonne son troisième coup. On lâche les amarres. Nous sommes partis !

La côte de Grâces s'éloigne, diminue, pendant que les falaises du Hâvre se rapprochent et grandissent.

Les deux jetées du Havre semblent s'avancer, s'allonger. Le vapeur glisse, entre leurs murailles, donnant à la mer de larges ondulations.

Nous sommes dans l'Avant-Port. De la passerelle du vapeur, j'aperçois mon père dans sa haute taille, paraissant plus élevée encore, dans sa pose redressée d'ancien officier de marine. Mon père a parcouru les mers. Maintenant, il est armateur et négociant au Havre. Grand travailleur, très fort mathématicien, il donne chaque jour au travail de quatorze à quinze heures. Et sa robuste nature ne paraît jamais fatiguée. Autoritaire, d'une honnêteté rigide, il méprise souverainement la plupart des hommes avec lesquels il est en relations d'affaires. Fier, il ne comprend pas l'homme souple, hypocrite, né dans le commerce, toujours prêt à courber l'échine, ne comptant pas avec les platitudes, éconduit, s'empressant de sortir par la porte, mais rentrant par la fenêtre, et ne voyant au bout de ses bassesses qu'une seule chose : la réussite de l'affaire.

La passion de mon père, c'est le navire. Il est négociant, il est armateur ; avant tout, il est marin. Lorsqu'il va en rade, à la rencontre d'un navire, lorsqu'il monte à bord, il oublie tout à coup que le capitaine est là et il commande...

..., Mon père vient de m'apercevoir sur la passerelle du vapeur qui fait ses dernières évolutions, pour prendre place à quai. Son visage énergique s'éclaire. Il me salue de la main.

Je suis reconnaissant et je pense : « Pour qu'il ait abandonné ainsi ses affaires, et ses navires, il faut qu'il aime vraiment son fils ! »

Je débarque. Nous nous embrassons.

— J'étais pressé de te revoir, me dit-il. Une affaire importante, une visite au

« Pacifique », le navire en déchargement, ont été remises. Ce matin, je te fais honneur : tu passes avant le devoir. Hâtons-nous, cependant. Je vais déjeuner en quelques minutes et donner au travail, cette après-midi, le temps que l'affection paternelle lui a dérobé, ce matin.

Une voiture nous mène rapidement à notre maison. Ma mère, ma sœur, nous attendent. Mon absence a duré un an. On me fait fête. Ma mère, une femme d'intérieur, qui cultive de plus en plus le foyer ; qui, peu à peu, a éloigné ses amies, ses connaissances, n'en conservant qu'un petit nombre ; souffrante depuis quelques années, recherchant la solitude, ayant maintenant pour idéal la lecture d'un livre dans une pièce calme où ne pénètrent pas les bruits de la rue, a surveillé elle-même le déjeuner d'arrivée.

Ma sœur — une enfant de douze ans —
m'apprend ses progrès en musique. Après
déjeuner, elle me prouvera ses progrès.
Elle me fera entendre sa première valse
apprise : « Les Etoiles d'or ».

Je raconte à ma famille ma rencontre en
chemin de fer ; mais, sans trop appuyer...
« Une jeune fille charmante... Notre bavar-
dage a été délicieux... Regrets d'avoir
quitté la jeune fille au Mans... La seconde
partie du voyage a été plus terne... »

Ma mère me regarde. Je m'empresse
de changer de conversation. Le sujet m'intéresse trop pour que je puisse m'en ser-
vir longtemps sans danger.

Le moment d'endosser l'uniforme est arrivé. Je me présente au bureau de recrutement. Des officiers, des sous-officiers, écri-
vent ; des soldats circulent portant des
cartons, des papiers...

— Je viens me mettre à la disposition de l'autorité militaire...

Les plumes continuent à courir sur le papier. Un sous-officier, tout préoccupé, donne la becquée à un moineau...

J'attends...

Enfin, un capitaine lève la tête :

— Votre nom...

— Pierre Dupuis...

— Dupuis... Voici, en effet votre dossier... Vos vingt-huit jours, vous ne les ferez pas maintenant. Vous les ferez en mars. Vous vous présenterez, ici, le 22 de ce mois. N'oubliez pas... le 22... à neuf heures du matin...

Je regarde l'officier, tout ahuri...

Je balbutie :

— Je suis donc libre jusqu'au 22 ?

— Vous êtes libre jusqu'au 22...

Je salue, je sors, je suis ivre de bon-

heur... Libre jusqu'au 22! c'est-à-dire...
Vichy! c'est-à-dire... Paris!... Je vais revoir la Petite Providence!...

Elle m'a porté bonheur, la Petite Providence! Elle avait lu dans l'avenir; elle
m'avait dit :

« Votre sursis vous a précédé au Havre.
Vous ne ferez pas vos vingt-huit jours.
Vous irez à Vichy! »

Je ne marche pas, je cours, je vole. Je
pénètre dans le bureau de mon père,
ayant bousculé les courtiers qui assié-
geaient sa porte...

— Je ne fais pas mes vingt-huit jours.
Je les ferai en mars seulement...

— C'est très bien! C'est tant mieux
pour toi!.. Un jour d'arrivée, on ne travaille pas, on a congé. Demain, à huit
heures précises, tu reprendras ta place, à
cette table, en face de moi, vas!...

Je ne bouge pas. Ces phrases de mon père m'ont pétrifié... Je le regarde...

Il me regarde par-dessus son pince-nez...

— Eh bien ?...

— Et Vichy !

Il se met à rire et, passant la main sur son front :

— Ah ! mon pauvre ami, les affaires m'avaient fait oublier Vichy... Il faut y aller à Vichy, si tu crois aux résultats !..

— Ils seront merveilleux !

— Bien... Pars... Tu prendras l'express de 6 heures 40 !.. Préviens, afin que l'on avance le dîner... Maintenant, retire-toi, et fais entrer un courtier !...

J'escalade les escaliers...

— « Je pars... Je vais à Vichy... Veuillez avancer le dîner... » Le dîner m'importe peu. Le bonheur me coupe l'appétit.

En effet, ce dîner-là ne me fit jamais mal
à l'estomac.

La voiture commandée arrive. Je regarde d'un œil tendre ma malle que l'on
place dessus... Il a une bonne tête écar-
late, le cocher !... Nous prenons place...
Mon père, ma mère, ma sœur, me con-
duisent à la gare .. Le cocher touche sa
bête... Comprend-elle mon impatience,
la bête efflanquée ? Elle va le diable ! Les
roues de la voiture résonnent joyeusement sur les pavés. Voici la gare, je saute
au guichet :

— Paris !...

J'ai mon billet. Ma malle est enregis-
trée. Je fais mes adieux à ma famille. Je
saute dans le train. Cette fois, j'ai un
coin. Le sifflet se fait entendre. Le train
s'ébranle. Parti !...

C'est le samedi soir. Le train est bondé

de chasseurs. — C'est bon, la chasse !
C'est bon, la campagne, après une
semaine consacrée aux affaires. Moi
aussi, je l'aimais, la chasse ! L'année dernière, j'ai été un fervent disciple de Saint-
Hubert. Il y a huit jours, je rêvais chasse.
Maintenant la chasse ne me préoccupe
plus...

Les chasseurs descendent. Je n'ai plus
qu'un seul compagnon de route ! Expan-
sif, mon compagnon de route ! Mais ses
épanchements ont une excuse : c'est le
bonheur qui le rend communicatif...

Tous les samedis, il quitte le Havre. Il
va passer sa journée du dimanche près de
sa fiancée, à Yvetot. Il se mariera bien
tôt. C'est un homme parfaitement heu
reux ! Il y a peu de jours, ses épanchements m'auraient paru d'un niais !...
Aujourd'hui, je l'excuse. Il est un peu

singulier qu'il fasse part de son bonheur à un étranger, à un inconnu. Moi, je ne lui parlerai pas de la Petite Providence... Mais, les effets produits par le bonheur sont variés comme les couleurs de l'arc-en-ciel. Le bonheur qui m'empêche de manger, moi, le rend bavard, lui. Nous sommes deux feux de Bengale de couleur différente...

Mon air attentif l'excite à continuer. Et cependant, j'entends vaguement ce qu'il me dit. Je me demande, tout pensif, si, un jour, moi aussi, je serai fiancé.

Nous arrivons à Yvetot. Nous nous serrons la main en vieux amis.

Le train est reparti. La nuit tombe. Je regarde au dehors.

Le ciel est étoilé... Elle est là-bas aussi, parmi les autres, ma petite étoile ! Elle me sourit joliment, mon étoile, depuis mon départ de Saint-Brieuc !... Arrivée à Paris.

Je saute gaiement à terre. Je me dirige vers la porte de sortie, en fredonnant : « O Paris, gai séjour.... » de la valse des *Cent Vierges.*

Je retiens une chambre. Mais je ne veux pas dormir de suite. Je veux prendre possession de ce Paris que jamais, jamais, je n'ai eu autant de plaisir à voir. Je me promène, marchant vite. Les cafés me paraissent plus gais, plus étincelants, la foule plus rieuse, et plus bavarde. Et toujours, là-haut, les étoiles qui scintillent ! La belle nuit !...

En ce moment, elle dort, la Petite Providence. Elle ne se doute pas que son compagnon de voyage est à Paris et qu'il est à Paris uniquement pour la revoir...

« Petite Providence, serez-vous contente de ce voyage ? Me direz-vous merci, un jour ? »...

Les bruits cessent. Les roulements des voitures se font plus rares. La foule s'éclaircit. Il n'y a plus que quelques passants. Les rues s'assombrissent. Je rentre à mon hôtel.

Cette nuit-là, je fus certainement la dernière personne que le sommeil vint trouver.

... Quand je me réveille, Paris a depuis longtemps, repris son mouvement, sa vie, son entrain... Je suis vite habillé. Je descends. Je sors...

Le soleil a de magnifiques rayons. Les rues sont pleines de gaîté. Les gens qui passent ont le sourire aux lèvres... Mais soyez certains que c'est parce que je suis heureux que je trouve de si beaux rayons au soleil, une si grande gaîté dans les rues, que je vois tant de sourire aux lèvres !...

Et c'est la Petite Providence qui est cause de tout cela ! C'est elle la petite voyageuse gracieuse, exquise et moderne, qui transforme à mes yeux une capitale entière et quelle capitale !

Je me présenterai à deux heures très précises. Il ne faut pas qu'elle s'échappe, la Petite Providence ! Il ne faut pas qu'elle parte en visites, en promenade, avant mon arrivée ! Quelle déception, quel ennui, quels regrets, si je ne la voyais pas !...

— J'aurais la ressource d'attendre à demain, de rester un jour de plus à Paris. Mais je suis si pressé de la revoir !

Et une grande inquiétude est en moi. Souvent, m'a-t-elle dit, elle va câliner, dorloter, ses deux petits neveux...

« Mon Dieu, faites qu'aujourd'hui, elle ne soit pas trop bonne tante et qu'elle

n'aille pas combler de caresses ces deux
petits neveux si gentils ! »

Dans les rues, on crie : « Programme
des courses ! Programme des courses ! »
Elle ira peut-être aux courses. Et je regrette sincèrement de ne pas lui avoir demandé, en chemin de fer, si elle aime les
courses. J'ai manqué de prévoyance. Elle
m'aurait répondu : « Je les ai en horreur,
les courses. » Et cette réponse me laisserait sans inquiétude. Ou : « J'adore les
courses ! » Et cette seconde réponse ne
me permettrait pas de douter de toute
l'étendue de ma déveine !...

« Ah ! mon étoile ! je voudrais bien
savoir quelles sont vos intentions à mon
sujet ? Voulez-vous continuer à me proté-
ger ?... Oh ! je vous en prie, donnez-moi
encore, encore, votre protection ! Vous
avez été bien gentille, depuis mon départ

de Saint-Brieuc, eh bien ! continuez à être gentille ! Soyez bonne ! Ne soyez point méchante ! C'est laid, la méchanceté ! Oh ! surtout, mon étoile, ne soyez point capricieuse !... »

Je flâne, parcourant les boulevards. Puis, tout à coup, je les quitte, les boulevards. Ils ne m'intéressent guère ! C'est que, pour moi, aujourd'hui, il n'y a plus qu'une rue à Paris, la rue Taitbout, la rue où habite la Petite Providence.

La rue Taitbout ! Ce nom de rue, je ne l'oublierai plus jamais ! C'est assez que je l'ai oublié une fois ! Hélas ! oui, ma mémoire m'a joué ce vilain tour, pendant trois quarts d'heure au Mans...

J'inscrivais, sur mon carnet, le nom de M. Roberval, le père de la Petite Providence. Au-dessous, je voulais inscrire le nom de la rue où il habite. Et je restais

4.

béant... Echappé, envolé !... Coquine de
mémoire !

Mon crayon faisait un tas de petits points
sur le carnet, mes yeux interrogeaient le
vide, mais le nom de la rue ne revenait
point de son escapade pour cela ! Et je me
disais :

— Voilà vraiment de la fatalité ! Et
m'adressant à la Petite Providence, trop
loin de moi, pour m'entendre :

— « Petite Providence ! dites donc à
un chef de gare, sur votre passage, qu'il
me télégraphie le nom de votre rue ! »

Je respirais, enfin ! J'avais le moyen de
le savoir de nouveau ! Le Bottin — béni
Bottin — me le donnerait, puisqu'il ren-
fermait certainement le nom du père de la
Petite Providence — un architecte.

Et voyez comme il ne faut jamais se
creuser la tête, se donner des migraines !

Tranquille désormais, je ne cherchais plus, et, de suite, de suite, je trouvais...

J'ai donc quitté les boulevards, abandonné ma flânerie. Vous avez deviné où je vais. Je vais contempler les fenêtres de l'appartement où habitent la Petite Providence et ses parents.

Voici la rue Taitbout. Je cherche le numéro de la maison... Voici... Je lève les yeux... Voilà les fenêtres de l'appartement... Et je murmure deux mots : « C'est là ! »

Et, plus lentement que je n'étais venu, je repris ma route vers les boulevards.

. . . .

Il est bientôt deux heures.

— Cocher, menez rondement ! Et il mène « rondement », le cocher ! Il parut de joyeuse humeur sous son chapeau gris qui lui fait une bonne tête. Les roues de

la voiture tournent, tournent, tournent.
Les maisons défilent. Ma voiture accroche
une autre voiture. Mon cocher rit. L'autre
cocher jure. Et plus mon cocher rit, plus
l'autre cocher jure. Les deux voitures se
dégagent, et, de nouveau, mon cocher re-
prend son train d'enfer. Brusquement, la
voiture s'est arrêtée... une secousse... je
suis arrivé. Et, alors, mon cœur se met à
battre la charge. Jusqu'à ce moment, en-
fiévré, plein du désir de revoir la Petite
Providence, la voyageuse exquise, je n'a-
vais pas pensé, que tout à coup, j'éprou-
verais cette grande émotion...

. Je gravis lentement les marches . de
l'escalier. Et, dans le grand silence de la
maison, le bruit de mes pas étant étouffé
par l'épais tapis, j'entends les battements
de mon cœur. Une timidité, jusqu'alors
inconnue, s'empara de moi.

Cependant, je monte toujours. Voici le but, la porte de l'appartement, et là, devant mes yeux, me fascinant, le bouton du timbre...

Il en est temps encore. Faut-il partir, redescendre, m'en aller, avec le souvenir du voyage en chemin de fer, sans y ajouter un autre ?

L'hésitation n'est pas dans mon caractère et j'appuie le doigt. J'entends, à l'intérieur, la sonnerie électrique.

Ah ! que mon cœur bat !

« Mon étoile, faites qu'elle soit là ! »

La porte s'ouvre. Ce n'est pas un domestique qui se montre, c'est elle... elle même... la Petite Providence...

— Eh bien ! Jeanne, dit-elle, sans regarder, vous l'avez n'est-ce pas, mon ombrelle ?...

Ne recevant pas de réponse, elle lève

4

les yeux. Et stupéfaite, elle laisse tomber ses deux bras. Ses yeux m'adressent une muette interrogation...

Nous sommes l'un en face de l'autre, elle, dans l'appartement, moi, hors de l'appartement... Pendant une grande minute, je ne puis prononcer un mot. Enfin, lorsque je puis parler, je dis d'une voix tremblante, cherchant mes mots...

— Mademoiselle, veuillez prévenir madame votre mère que M. Pierre Dupuis qui a eu la bonne fortune de voyager avec vous, avant-hier, de Saint-Brieuc au Mans, la prie de vouloir bien le recevoir. Il vient s'informer de l'état de santé de monsieur votre père.

— Je vais prévenir ma mère, monsieur... Veuillez entrer dans ce salon...

La Petite Providence se retire, et il me

semble entendre ses pas qui s'éloignent très vite, très vite...

Je n'ai pas eu de déception. La Petite Providence que je vois à Paris est la Petite Providence que j'ai admirée, en chemin de fer... Un grand air de distinction est en toute sa personne. J'ai remarqué de nouveau son profil très fin, son charmant sourire, qui laisse apercevoir des dents petites et bien rangées. C'est bien la Parisienne gracieuse, exquise et moderne, dont j'ai apprécié tout le charme en chemin de fer. Cette tête si fine, ce regard si intelligent, je les revois donc ! Ils appartiennent donc à la voyageuse adorable, pleine d'esprit, ayant les plus fines réparties, et aussi les pensées les plus délicates du cœur, qui a laissé en moi un souvenir inoubliable d'un voyage trop tôt fini ! Mon imagination n'a donc rien exagéré ! Je

souris en pensant combien de fois, depuis
ma vingtième année, la valseuse qui, hier,
au bal, m'avait donné un coup de soleil
au cœur, me faisait, aujourd'hui, dans ma
visite d'homme enflammé, l'effet d'une
douche glacée ! Mes visites de « vérifica-
tion » étouffaient mes emballements.

La Petite Providence, ma valseuse des
valses « causées », reste dans son salon,
comme en chemin de fer, la jeune fille
idéale, la jeune fille qui, jusqu'à présent,
ne s'était point trouvée sur mon chemin.

Pour la première fois de ma vie, oui,
pour la première fois, je le jure, je pense :

« Voilà une jeune fille dont je serais
fier de devenir le mari, que j'aimerais
d'amour et qui, cependant, serait aussi
mon amie, ma confidente, ma conseillère, la
compagne charmante, mais intelligente
de ma vie. »

Voilà ce que je pense de la Petite Providence.

Madame Roberval paraît ; la Petite Providence suit...

La mère de la Petite Providence a cet air de grande dame, de haute distinction, que j'ai remarqué, en chemin de fer. Ses cheveux blancs donnent à son visage une grande douceur. En regardant ces deux têtes, l'une vieillie, l'autre jeune, je suis forcé de croire à l'hérédité. La Petite Providence a fait un héritage de distinction, d'exquises manières, et aussi de beauté.

Une grande tristesse se lit sur le visage de madame.

Je m'informe de l'état de santé de M. Roberval...

— Hélas ! Monsieur, c'est la nuit qui vient de plus en plus sombre, obscurcissant son intelligence. Il est la victime de

son travail acharné. Il a travaillé, travaillé
encore, alors qu'il lui fallait le repos le
plus absolu. Les débuts dans les carrières
sont difficiles, très difficiles dans la car-
rière d'architecte. Ce n'est que peu à peu
qu'il s'est fait connaître. Enfin, il y a
deux ans, est venu le succès complet, aussi
beau qu'il le pouvait désirer. Mais le succès demandait un surcroît de travail. Il
s'est acharné, il a trop demandé à son
cerveau, à ses forces. C'est la paralysie générale qui est là menaçante... inévitable...

Ah ! Monsieur, écoutez mon conseil... Vous n'êtes pas marié... Eh bien !
lorsque vous aurez une femme, des
enfants, travaillez, puisque les nécessités
de la vie le veulent, mais, ne surpassez
jamais vos forces. Qu'importe que vous
leur donniez une position de fortune enviée, si, en même temps, votre santé qui

s'en est allée, les accable de chagrin, de douleur !...

... Mais, laissons cela, monsieur. Ma fille m'a remis votre carte. Vous bavardiez beaucoup, tous deux, en chemin de fer... Je le sais, mon sommeil n'était pas profond !.. Ah ! la jeunesse heureuse, insouciante ! C'est cette Bretagne que vous veniez de quitter, ce beau soleil dont vous aviez joui, le souvenir de votre pleine liberté dans les champs, qui s'associaient pour vous rendre joyeux, contents, en cette soirée de retour !...

Quant à moi, je dois avouer que je préfère Paris à la Bretagne, l'allée des Acacias à la plus belle route bretonne, bordée des plus hauts chênes. Je n'ai pas l'admiration de ma fille pour Guingamp, et je préfère la Seine au Trieuc...

— C'est que, madame, vous n'y avez

sans doute pas pêché des quantités surprenantes de truites, ainsi que le faisait
mademoiselle votre fille...

— Ma fille est la pêcheuse extraordinaire que vous voulez bien dire ?

— Mais oui, maman !... Du reste, monsieur est lui-même un pêcheur extraordinaire, qui a ravagé les grèves immenses
de l'île de Bréhat. Inutile maintenant de
chercher une seule crevette sur ces grèves
qui s'étendent au loin, à mer basse, dans
ces varechs où elle se cache, la crevette,
car monsieur a tout pris, n'a rien laissé
aux glaneurs ! »

Elle rit, la Petite Providence ! Elle est
contente ! Elle s'est vengée des pêches
« *surprenantes* » que, un peu malicieu-
sement, je lui ai attribué.

Nous échangeons encore quelques paroles. Puis, je me lève. En prenant congé,

je demande à la mère de la Petite Providence de vouloir bien me recevoir, à mon retour de Vichy.

La mère de la Petite Providence me recevra.

Je remercie, joyeux.

Je salue profondément. Je sors. La voiture roule...

Maintenant que j'ai vu la Petite Providence, Paris ne m'intéresse plus. Il faut partir. Dans quinze jours, je la reverrai... Le lendemain matin, je suis à Vichy.

Je fais partie de la dernière série des buveurs. On déserte Vichy. On m'apprend que je suis seul d'homme à mon hôtel. En revanche, il y a quatorze dames. Mon premier mouvement est de me précipiter sur mon chapeau pour m'enfuir. Puis, réflexion faite, je ne m'enfuis pas et j'ai raison.

5

La situation d'un homme seul au milieu de quatorze dames est enviable. Les dames âgées ont pour moi, à table, des soins maternels. Si je n'étais une honnête nature, qui ne veut abuser de la bonté des gens, elles pousseraient, je crois, la complaisance jusqu'à rompre mon pain, jusqu'à couper ma viande en tous petits morceaux, comme on le fait pour bébé.

La complaisance de l'une de ces dames âgées me gêne un peu : elle veut à tout prix et à chaque instant, me mettre beaucoup d'eau claire et pure dans mon vin...

— Car, me dit-elle, plus il y a d'eau...

— Plus le vin a de bouquet?

— Non ; mais, moins on a à craindre, à soixante ans, l'attaque d'apoplexie foudroyante...

— Oh ! madame, j'ai vingt-six ans...

En commençant seulement à quarante ans à mettre de telles doses d'eau claire et pure dans mon vin, je crois que l'apoplexie ne me foudroiera pas...

La dame âgée sourit, mais, cinq minutes après, je suis dans l'obligation de lever mon verre à des hauteurs inimaginables...

Charmantes aussi, les jeunes femmes, les jeunes filles, et nous partageons les bonnes poires...

... Mais, à table d'hôte, aux sources, au Hammam vaporifère, en promenade, en excursions, à Bourbon-Busset, à l'Ardoisière, aux Malavaux, à la Montagne-Verte, à Cusset, en canot sur l'Allier, je pense toujours, toujours, à la Petite Providence. J'attends avec impatience la fin de ma cure...

Et, pendant ma cure, heureux d'avoir

une occupation ; occupation que je me
suis donnée, à cause d'elle, pour elle, je
vais surveiller la confection d'un panier...
Vous avez lu ?.. la confection d'un
panier... Panier charmant, bleu et or,
portant le nom « Vichy », en lettres
rouges. Il servira d'enveloppe aux bonbons les meilleurs de Vichy. Il sera offert
à la Petite Providence. J'espère que sa
mère voudra bien lui permettre de l'accepter, ou du moins, d'accepter les bonbons, car il ne sera point parlé du panier.
Je dirai, en présentant le tout enveloppé
de papier de soie, orné d'une faveur
rouge :

« Madame, veuillez me permettre
d'offrir quelques bonbons de Vichy à mademoiselle votre fille ».

Je ferai en sorte que le paquet ne soit
pas ouvert pendant la durée de ma visite.

Après mon départ, la Petite Providence aura une surprise...

Ce panier est ma grande préoccupation, mon grand plaisir, et, aussi, mon grand tracas, pendant mon séjour à Vichy.

Il n'y avait pas un quart d'heure qu'il était commandé que déjà, je revenais, priant le fabricant de m'accorder une nuit de réflexions, une bonne nuit qui me porterait conseil, qui me dirait s'il fallait, définitivement, m'arrêter à ce type de panier.

Le lendemain matin, de très bonne heure, j'étais en face la devanture de boutique encore fermée de mon fabricant.

Je dus me résigner à faire les cent pas dans la rue, pour attendre le réveil du fabricant.

Ce paresseux de fabricant ! je venais à

lui bien décidé, muni du bon conseil de la nuit... Un bon petit conseil qui m'avait été donné à l'oreille : « Choisis le panier bleu et or. » Et voici que, dans cette rue déserte, à cette heure matinale, mes incertitudes me reprenaient.

Néanmoins, lorsque je pus pénétrer dans le sanctuaire, je choisis encore, mais, sans apporter la moindre énergie dans mon choix, le petit panier bleu et or...

Il est donc ma principale préoccupation à Vichy. On devait me le livrer aujourd'hui, mais, deux lettres, dans le mot Vichy, sont défectueuses... le V et l'I. On remplacera les deux lettres défectueuses, et, demain matin, il sera en ma possession. Je me hâterai de le faire emplir des meilleurs bonbons de Vichy, car je suis à la fin de ma cure écourtée et je pars demain.

Le voici donc, enfin, le dernier jour à Vichy ! C'est la première fois que je quitte avec plaisir la grande station thermale !

Je me suis fait conduire à la gare avant l'heure. Je me suis précipité dans un compartiment du train, aussitôt que la porte vitrée de la salle d'attente a été ouverte. Lorsque le train est parti, j'ai dit : « tant mieux ! » Lorsque Vichy a disparu, j'ai pensé : « Je me rapproche de la Petite Providence. »

J'arrive à Paris à six heures du soir. Demain, à deux heures, je la verrai. Et c'est seulement à mon arrivée à Paris que je m'aperçois que, dans mon impatience, dans ma préoccupation, j'ai devancé d'un jour la date de mon retour, fixée par moi à la mère de la Petite Providence.

Aurai-je le bonheur de les voir, demain, malgré mon étourderie ? Maintenant, j'ai une grande confiance en mon étoile !..

Le lendemain, à deux heures, je prends une voiture. Je dis encore :

— Menez rondement !...

La voiture file... Roulements... Tapage... Arrêt... Silence... Je saute à terre... Mon cœur bat de nouveau, lorsque je gravis les escaliers ; plus fort, lorsque je sonne...

Le bonnet d'une femme de chambre apparaît :

— Madame Roberval ?

— Madame est sortie...

Mes bras tombent...

— Mais Monsieur est là...

Je donne ma carte... Un mot a été bien près de mes lèvres : « Et mademoiselle ? »

On me fait entrer dans le salon... J'attends quelques instants. Une porte de communication s'ouvre et je vois apparaître le père de la Petite Providence, s'avançant pas à pas, fatigué, courbé, les yeux éteints. La Petite Providence l'accompagne, le soutenant un peu, très peu, sans qu'il s'en aperçoive, car il met un grand amour-propre à prouver ses forces physiques.

— Monsieur, me dit-il avec une grande difficulté dans la parole, l'autre jour, je n'ai pu vous voir, car j'étais faible, souffrant, mais, aujourd'hui, je vais bien, je suis fort... Et il rit, joyeux...

Je profite de sa bonne humeur...

— Monsieur, veuillez me permettre d'offrir quelques bonbons de Vichy à mademoiselle votre fille. Il vous sera fort difficile de refuser, lorsque je vous aurai dit qu'il suffit de manger un de ces précieux bonbons pour bien se porter pendant un an... Chaque bonbon représente une année de santé.

M. Roberval permet. Je tends le paquet, soigneusement enveloppé, à la Petite Providence ; elle le prend. Le panier bleu et or est à elle ! Panier et bonbons sont déposés sur un meuble.

La Petite Providence me dit, en riant :

— Il est beaucoup de malades, n'est-ce pas, habitués de Vichy... qui ne sont pas du tout malades ?...

Je réponds sérieusement :

— Oh ! Mademoiselle, les eaux maintenant sont bien tombées de mode ! Sauf à Luchon, je ne crois pas qu'on y aille, pour son bon plaisir.

Et j'ajoute mentalement :

— Quant à moi, je le suis, bien malade, mais les eaux ne guérissent pas ce genre de maladie : c'est là à gauche, au cœur, que je suis atteint.

Je ne puis prolonger ma visite ; déjà, je

m'aperçois d'une fatigue plus grande de la parole et de l'esprit chez le père de la Petite Providence. Mes minutes sont comptées et je les mets à profit : je contemple la Petite Providence, cette jeune fille qui est maintenant ma pensée tout entière, cette jeune fille, seule cause de mon voyage à Vichy, car, sans elle, sans le désir de la revoir, je ne me serais pas déplacé pour si peu de temps, je contemple une dernière fois ma jolie voyageuse et je pense que c'est sa grâce, son charme, quelque chose aussi de mystérieux, que je ne m'expliquais point, qui m'a conduit, qui m'a poussé à faire ces deux visites.

Je prends congé en exprimant tous mes regrets de ne pas avoir vu Mme Roberval.

Je donne un long dernier regard à la

Petite Providence... Quand la reverrai-je ?...

Elle aussi me regarde. Son regard, me semble-t-il, a quelque chose de plus doux encore.

Et, pendant que ma voiture m'emportait vers la gare, pendant que le train m'emportait vers le Havre, je pensais :

« Voilà une jeune fille dont je serais fier de devenir le mari, que j'aimerais d'amour, et qui, cependant, serait aussi mon amie, ma confidente, ma conseillère la compagne charmante, mais intelligente, de ma vie ! »

III

Le lendemain de mon arrivée au Havre, on me remet une lettre. Elle vient de Paris. Elle est de la mère de la Petite Providence et elle contient des remercie- ments et des reproches. C'est le panier bleu et or qui me vaut les remerciements et les reproches...

Je me félicite, maintenant, de l'absence de la mère da la Petite Providence, au moment de ma visite : mon panier enve- loppé n'eût pas passé aussi facilement de mes mains dans celles de la Petite Providence.

Je m'empresse de répondre. Je m'excuse :

« A des bonbons aussi merveilleux qui apportent ou conservent la santé dans les familles, il faut absolument une enveloppe solide, élégante, et belle... »

... Depuis une vingtaine de jours, je suis de retour au Havre. Et depuis une vingtaine de jours, voici la pensée qui est en moi :

Demander en mariage la Petite Providence.

Depuis vingt jours aussi, je suis inquiet, malheureux, agité, tourmenté...

La demander en mariage ? Mais, cette demande sera peut-être la fin de mon beau rêve !... Beau rêve !... Mais rêve fou !... Est-il possible, en effet, qu'au moment où j'ai pensé :

« Voilà une jeune fille dont je voudrais faire ma femme... » elle ait pensé : elle :

» Si ce jeune homme me demandait en mariage, je serais heureuse ! »

Non.... Hélas ! non... Cela se passe ainsi dans les romans.. « Les âmes sœurs !... »

Et c'est parce que j'ai peur, parce que je ne veux pas me réveiller, parce que je veux vivre dans le rêve, que je remets chaque jour la grande démarche nécessaire : l'aveu à mon père et la prière qu'il la demande pour moi en mariage.

Et les heures s'écoulent, les jours passent, et la grande démarche n'est point faite.

Cependant, mon imagination va grand train :

Mes deux visites l'auront étonnée, profondément... Qu'aura-t'elle dit ? Qu'aura-t'elle pensé ?

Et sa mère ?... Les mamans sont très perspicaces...

Ma présence au Havre est bientôt connue de mes amis. Ils viennent tous, souriant, me serrant les mains avec force :

« Je vais redevenir, n'est-ce pas, le joyeux compagnon d'autrefois ? Moi au Havre, c'est la fête qui recommence !... C'est le champagne qui pétille !... C'est le noctambulisme à outrance !... C'est un frou-frou de jupes, des éclats de rire de femmes ! »

J'écoute tout cela, sans enthousiasme, rêveur. Et je pense :

« Oui, je ferai la fête, je m'étourdirai, je serai fou... Oui... à moins que la Petite Providence ne le change entièrement, ce programme, et ne fasse de l'ancien viveur, un très bon mari ! »

Allait-elle le changer, ce programme, la Petite Providence ? allait-elle métamorphoser l'ancien viveur en très bon mari ?

Pour le savoir, il fallait le lui demander ou, plutôt, le demander à ses parents, il fallait charger mon père de cette demande délicate.

Ce n'était pas chose facile que de raconter à ce père sévère et autoritaire que quelques heures passées en chemin de fer en face d'une jeune fille avaient décidé son fils à demander cette jeune fille en mariage.

Je voyais l'éclat de rire moqueur qui allait accueillir ma confession ; et, si j'insistais, le haussement d'épaules formidable... Pour m'éviter sa raillerie, et

aussi, pour me sentir plus fort, je résolus
de connaître, avant de lui faire part de cet
amour, les intentions de la Petite Providence et de sa famille.

Et, alors, je pensais à un homme, à
un vieil ami, qui m'avait toujours té-
moigné la plus grande affection. C'é-
tait l'abbé Guerrand, le supérieur du collège où j'avais fait mes études. Je savais
tout le dévouement dont était capable
l'ancien maître pour l'ancien élève. Dans
mes voyages en Bretagne, ma première visite était pour cet homme que j'aimais,
que je vénérais, dont la belle tête blanche
frappait autrefois mon imagination d'enfant.

Nos jeunes têtes se découvraient res-
pectueusement, lorsqu'il s'avançait au milieu de nous, dans la cour du collège. Et
ce respect, après la sortie définitive de

l'établissement, après des années, restait le même. Et, lorsque, au Parloir, après que la carte de l'ancien élève lui avait été remise, il arrivait, tendant les deux mains, vous appelant : « Mon cher enfant ! » il vous semblait, pendant un instant, que vous étiez encore son élève, et vous restiez tout étonné de l'intonation enfantine qu'avait prise votre voix, pour dire :

« Bonjour, monsieur le supérieur... »

Et c'est au supérieur de mon vieux collège, que j'écrivis la conquête de mon cœur par la Petite Providence.

Je m'étais souvenu du conseil qu'il m'avait donné, un jour, en me quittant :

« Mon cher enfant, croyez-moi, mariez-vous ! »

Et riant :

« Vous verrez... je ne ferai pas ce mariage-là, car chacun doit choisir sa femme, doit bâtir son nid, et, en ce faisant, fait preuve d'intelligence ; mais, j'en ai le pressentiment, je vous donnerai un petit coup de main... »

Mon idée de mariage ne pouvait lui déplaire. J'allais précisément tenter de suivre le conseil qu'il m'avait donné quelques années auparavant : « Mariez-vous ! » Et, d'un autre côté, il dépendait maintenant absolument de lui que « son pressentiment » se réalisât : « Je vous donnerai un petit coup de main. »

D'abord, dans ma lettre, je passais sous silence le consentement de mes parents. Puis, certain d'une question : « Vos parents consentent-ils à ce mariage ? », bravement, priant le Dieu des amoureux de me pardonner ma hardiesse, j'ajoutai :

« La demande officielle sera faite par mon père, lorsque la mère de Mlle Roberval aura donné à entendre que cette démarche sera favorablement accueillie. »

Par le courrier suivant, je reçus une réponse du Supérieur du collège :

« Mon cher enfant,

» Je vous remercie de la confiance que » vous me témoignez. *La demande est* » *faite.* »

Je tremblais... Quoi ! La demande était partie... et arrivée ! En ce moment, la Petite Providence savait que je l'aimais ; savait pourquoi je m'étais présenté, deux fois, à Paris, chez ses parents ; savait que je demandais à devenir son mari !...

Quelques jours s'écoulèrent... J'attendais.

Mes amis revenaient à la charge, étonnés

de mon absence. Le petit journal auquel je collaborais, donnait son banquet annuel. C'était l'occasion de faire ma réapparition. Mais l'occasion ne fût point saisie. Je refusais les invitations. On commençait à me traiter de lâcheur. On me lançait une injure sanglante : « Vous songez donc au mariage ! » Mais, on me la lançait, en riant. On ne pouvait croire à une si grande félonie. Toujours, je m'étais montré un ennemi implacable du mariage. On se souvenait de mes charges à fond de train contre les jeunes filles, chiffonnées dans les bals, « *pétries* » par un nombre plus ou moins grand de mains, selon que la demande en mariage se faisait tôt ou sur le tard.

C'était bien moi et pas un autre qui les trouvais admirables dans un salon, en demi-cercle, devant la cheminée ; mais, qui trouvais aussi que manœuvrer divinement un écran, exécuter délicieusement une entrée ou une sortie n'étaient point mérites suffisants, pour qu'on les conduisît à l'autel, ces petites, qui, hors des potins, des commérages ou béchage des amies, avaient le cerveau d'un vide, d'un vide !...

C'était encore moi qui les montrais, mariées, obligeant, par leurs coûteux caprices, leurs maris à un travail incessant jusqu'au jour où le pauvre diable, tout gaga, se croyant Rotschild, Grand-Turc, Amiral, allait « planer » à Charenton. Mes pauvres théories de sceptique, comme je les méprisais maintenant ! Comme je comprenais l'ange du foyer. Je voyais, aujourd'hui, le mariage sous un autre aspect : c'était la protection, c'était l'appui, c'était l'affection, donnés par le mari à

un être plus faible. Cet être plus faible,
en retour, le chérissait tendrement, lui
faisait aimer le foyer, le *home*, le conso-
lait, si l'heure, un jour était sombre,
et les rôles étant intervertis, montrant une
énergie étrange, rendait peut-être fort
pour la lutte celui qui, sans une compagne,
eût été sans courage.

Le mariage, n'était-ce point aussi l'association, une association adorable, pour
élever ces chers babys si turbulents et si
aimés, si gâtés !

Depuis la réponse du supérieur de mon
ancien collège, il y avait en moi une
grande impatience. Mon avenir se décidait. Qu'allait-il être ?

J'avais choisi, certes, en mon ancien
maître, un intermédiaire dont l'affirmation
ne laisserait aucun doute, au sujet de mon
honorabilité, aux parents de la Petite Pro-

vidence. Je ne pensais pas non plus que la question de fortune serait une cause d'empêchement. J'avais prié l'abbé Guerrand de s'étendre en de nombreux détails, d'indiquer des personnes qui, habitant Guingamp, connaissaient nos deux familles. Mon entretien avec la Petite Providence, dans le train de Saint-Brieuc au Mans, m'avait appris que, au Havre, ma famille et la sienne avaient aussi des amis communs. La mère de la Petite Providence pouvait donc se renseigner.

Mais, si je n'avais pas de craintes de cette sorte, j'étais assailli de craintes d'un ordre différent qui livraient bataille à de belles espérances.

Parfois, je voyais la Petite Providence se penchant, et disant à sa mère qui écrivait à l'abbé Guerrand :

« Maman, ce jeune homme qui a vécu,

6

longtemps, seul, dans une ile de trois lieues de tour, en Robinson Crusoë, chaussé de souliers pointus, chassant les cormorans et pêchant les crevettes, me plaît é-nor-mé-ment. »

Et elle ajoutait :

« Je t'en prie, maman, écris ta petite lettre de façon que l'on comprenne bien que tu ne refuses pas... »

Et je voyais la Petite Providence me tendre la main à travers l'espace. Elle me disait :

« La voici, monsieur... Voici ma main ! »

Mais la vision n'était pas toujours aussi riante :

La Petite Providence était promise à un autre. Une voix moqueuse chuchottait à mon oreille : « Trop tard !... trop tard !.. Fiancée !... »

Puis c'était Mme Roberval qui interve-
nait :

« Mon enfant, un jeune homme qui
devient amoureux à lier, parce qu'il a
passé la moitié d'une nuit, en face de toi,
dans le train, ne peut être un jeune homme
sérieux et ferait un mari détestable. »

Et à la voix prudente de la mère, venait
se joindre l'antipathie du père, une antipathie maladive. Et cette prudence, et
cette antipathie brisaient comme verre
mon rêve de bonheur.

Enfin, elle arriva, la lettre attendue ! De
loin, je reconnus l'écriture de l'abbé
Guerrand. Tremblant comme la feuille, je
la pris dans mes mains, la tournant, la
retournant. Je me sentais devenir pâle.
Quelqu'un me parla en ce moment, et il
me fallut une grande force de volonté
pour pouvoir articuler quelques mots. Mes

mains, nerveusement agitées, déchiraient l'enveloppe que j'enlevais avec précipitation, que je froissais, que je jetais à terre...

J'essayais de lire ; mais en vain. Les caractères dansaient. Un voile s'étendait sur mes yeux. Et, là, au cœur il se faisait des battements précipités. Et, lorsque, enfin, je sentis que je pouvais lire, je ne lus pas. Tout mon courage s'en allait, j'étais refusé, la Petite Providence disait non.

Ce moment d'attente, d'anxiété, a été certainement le plus terrible de ma vie.

Dans le pli, il y avait deux écritures : celle de la mère de la Petite Providence, que je reconnaissais — cette écriture-là m'avait déjà donné des reproches pour les bonbons de Vichy, pour le panier bleu et or — et celle de l'abbé Guerrand.

Je me décidais à lire la lettre du supérieur :

« Mon cher Pierre,

« Voici la lettre que je reçois à l'instant
» de Paris. Lisez et prononcez. Vous seul
» le pouvez. Je me tiens à votre disposi-
» tion pour tout. »

Pas un mot de plus. L'abbé Guerrand
ne me donnait aucune explication ; ne me
disait : « Soyez heureux ! » Ou bien :
« Renoncez à votre chère espérance... »
Cependant, cette phrase : « Je me
tiens à votre disposition pour tout » me
permettait d'espérer. Il n'y avait pas de
refus formel !...

Et, réconforté, je lus...

Ah ! chère Petite Providence ! pour

6.

que la lettre fût écrite aussi visiblement pour me plaire, vous n'étiez pas loin de madame votre mère !

C'était la belle partie de la lettre ; la partie qui me rendit extrêmement heureux. Mon cœur se gonflait de bonheur, de reconnaissance. Je disais tout bas : « Merci, merci, Petite Providence ! »

Mais après cette belle partie où la réponse de la Petite Providence, de l'adorable voyageuse, m'était faite, l'intervention de la jeune fille cessait, la mère seule, maintenant, parlait.., parlait chiffres... Elle s'étendait en détails très précis sur la position de fortune de sa fille.

« Peut-être, ajoutait-elle, le père de votre jeune ami désire-t-il pour son fils un mariage plus brillant ? Dans ce cas, je désire être prévenue le plus tôt possible, afin d'arracher bien vite à ma fille cette espérance qu'elle caresse et qui, prenant racines, le changerait en regrets plus amers. »

En lisant ce passage, je sentais qu'une grande tristesse montait en moi. Hélas ! oui, mon père désirerait certainement pour son fils un mariage plus brillant. A l'originalité de notre rencontre qui déplairait à son esprit bourgeois et lui ferait voir en notre mariage, le mariage romanesque, le mariage fatalement destiné à être malheureux, s'ajoutait un empêchement non moins concluant pour le négociant, pour le calculateur froid, dans la différence des deux apports !

La conquête de la Petite Providence allait être bien difficile, dans ces conditions. Je ne l'obtiendrais pas sans une lutte acharnée. Mais, s'il y avait conquête, quelle conquête !..

La vie, maintenant, sans la Petite Providence !... Non, non, non, non!...

Avec la Petite Providence, au contraire,
je la voyais se dérouler pleine de charmes,
gaie, heureuse, caressante comme une
mer d'été... La vie n'est-elle pas ainsi
faite pour deux créatures qui s'aiment ?...

Ah ! la belle vie comparée à cette vie
sans but, triste, horriblement triste, sous
son apparence de gaîté folle, que j'avais
menée jusqu'à ce jour !...

Ah! oui ! il est triste de vivre seul, de
poursuivre seul le chemin ! Et plus
lugubres encore doivent paraître les dernières années pour l'homme qui les par-
coure sans compagne. Et sont-ce bien les
dernières années seules qui paraissent si
lugubres, si noires ? A quarante ans, combien sont nombreux ceux qui promènent
leur ennui bien visible ou plutôt le traî-

nant à la remorque, toujours et partout :
à la pension — dite bourgeoise — qu'ils
changent sous le plus futile prétexte,
au café où ils errent de table à table,
les yeux gros de sommeil, jusqu' à l'heure
la plus tardive, car ils ont peur de leur
chambre qui, si ornée qu'elle soit, leur
paraît triste, vide, nue, morte...

Oh ! Petite Providence ! mes belles
années de jeunesse, mon âge mûr, ma
vieillesse, je veux les passer près de vous,
avec vous !

Je résolus d'avoir immédiatement un
entretien avec mon père. Dans la pièce
précédant son cabinet, des courtiers
attendaient, passant l'un après l'autre,
communiquant leurs offres. A la sortie
du dernier courtier, j'entrai, et je m'ap-
prochai du bureau de mon père.

— Voici, lui dis-je, d'une voix ferme,

une lettre que je reçois à l'instant...

— Elle peut m'intéresser, cette lettre ?...

— Beaucoup...

— Donne...

— Avant de te la remettre, j'ai à te fournir quelques explications... Il s'agit, en ces pages que tu vas lire, du bonheur de ma vie...

— Vraiment !

— Je suis loin de plaisanter...

— Continue...

— Il s'agit d'un mariage... de mon mariage...

— Eh bien ! tant mieux !.. Mais... Mais il me semblait que tu étais rebelle à l'idée matrimoniale ?..

— C'est possible... Il est toujours facile de railler les gens qui se marient, jusqu'au jour où la personne qui sera votre femme se place sur votre chemin et vous fait changer d'avis...

— Et la personne qui... sera ta femme s'est trouvée sur ton chemin...

— Oui...

— Quelle est cette jeune fille qui a converti mon fils.

— Oh! oui... converti! C'est bien le mot! Jusqu'au jour où je l'ai rencontrée, j'avais les idées les moins sérieuses. En rentrant au Havre, je devais reprendre cette vie de plaisirs, de noctambulisme, qui, il y a deux ans, compromit si fort ma santé... Tu me regardes, étonné?... Certainement, reprendre ma vie d'autrefois!.. Ai-je un but, moi, pour travailler? Ai-je une femme, des enfants?.. Je n'ai pas à te demander quelle était ta vie avant ton mariage, mais tu me permettras de croire qu'elle était plus sérieuse...

après. Tu es devenu ce que tu es, aujourd'hui... Mais moi, que veux-tu que je
fasse... seul .. sans but ? Endormir mon
ennui, et, pour endormir cet ennui, rechercher les amis des nuits joyeuses... Du
reste, nul besoin de les rechercher : ils
sont déjà venus ! Ils m'accablent de reproches !... Mais, je te l'ai dit, j'ai ren-
contré une jeune fille et cette seule rencontre m'a fait prendre en horreur la vie
stupide que je menais...

— Et que tu es parfaitement décidé à
recommencer si je m'oppose à ton mariage ?

— Mais tu ne t'y opposeras pas, n'est-
ce pas ?... Cette jeune fille, c'est ma rencontre, en chemin de fer, à Saint-Brieuc,
lorsque je revenais au Havre. Tu la
verras cette jeune fille, tu verras comme
elle est bonne, et intelligente, et distin-

guée, et digne d'être ta fille !... Oh ! les
renseignements sur elle, sur sa famille, à
Guingamp, au Havre, à Paris, ne te man-
queront pas ! Nous avons des amis communs dans ces trois villes...

— Quel nom ?

— Son père, M. Roberval est architecte. La maladie l'a frappé. Il a voulu
travailler plus que ne lui permettaient ses
forces... Il n'a pas ta robuste nature ! Et,
maintenant que toi, vigoureux, ayant le
même âge que lui, tu peux braver toutes
les fatigues, donner au travail, chaque
jour, le nombre d'heures que tu lui donnes,
il est obligé de prendre un repos absolu.
Ce repos le sauvera-t-il d'une paralysie
générale ? Mme Roberval ne l'espère
pas...

— C'est en chemin de fer que
Mme Roberval t'a fait part de ses craintes ?

7

— Non, à Paris, où je l'ai vue deux fois, la première en allant à Vichy; la seconde à mon retour de la station thermale...

— Tu me fais part... un peu tard de ces deux visites ?...

— Eh! je le sais... Mais je te vois si absorbé par les affaires !... Bien souvent, j'ai eu ma confidence sur les lèvres. Mais toi, tu me parlais navires, marchandises, Chili, Pérou, ventes, achats, avec un enthousiasme qui refroidissait absolument le mien...

— Et tu as préféré faire ta confidence, à ton vieux supérieur, à l'abbé Guerrand...

— Préféré !... J'ai pensé qu'il aurait peut-être le temps de m'entendre, lui ! Et puis, qu'a-t-il fait ?... Une simple démarche préliminaire... Il a tâté le terrain pour savoir si la démarche officielle qui ne peut être faite que par toi, mon cher papa, serait bien accueillie...

— Et la réponse est favorable?..,

— Absolument...

— De sorte que je n'ai qu'à faire la demande et votre mariage se fera?...

— J'en suis persuadé...

— Donne cette lettre...

— La voici, mais je t'en supplie, en en prenant lecture, rappelle-toi que cette jeune fille fait un autre homme de ton fils, un homme meilleur que celui que tu as connu... De grâce, tiens-lui compte de la métamorphose qu'elle opère, en fermant les yeux sur le point noir de la lettre : la fortune...

Mon père prit la lettre et la lut lentement...

J'étais sur des charbons ardents. Je

tenais les yeux fixés sur lui, muet, attendant, nerveux...

Il releva la tête, très assombri...

— Te marierais-tu, me demanda-t-il,
sans mon consentement?

— Pourquoi cette question?... J'espère
que tu me l'accorderas, ce consentement.

— Et si je te le refusais...

— Oh! je ne vais pas te faire de promesses vaines... Pratiquement, il me paraît difficile de m'en passer. Nous n'avons
pas d'acte d'association, je suis donc ton
employé... un employé, envers lequel
d'ailleurs, tu t'es toujours montré fort généreux... Que je me brouille avec toi et
mon mariage est retardé ou manqué! Il
faudra que je me crée une nouvelle position. Et une nouvelle position ne se crée
pas du jour au lendemain. En admettant
que je veuille me passer de ton consente-

ment, il n'est point prouvé que la mère de la Petite Providence veuille s'en passer, elle : il faut que sa fille entre dans sa nouvelle famille, la porte ouverte à deux battants...

— Mon cher ami, je suis ravi de t'entendre parler aussi sagement. En effet, tu ne peux guère te passer de mon consentement. Or, comme ce consentement je ne te le donnerai jamais, il faut te préparer à enterrer un petit projet pas bien sérieux, je suppose. Quoi qu'il en soit, je dis : non, non, non... »

Je l'attendais, cette réponse ! Et, malgré cela, elle me parut si brutale, si cruelle, que je ressentis au cœur une grande brûlure. Une sourde colère montait en moi. Je domptais cependant le sentiment de révolte, et priant :

— Voyons ? tu as pour moi beaucoup

d'affection. Tu ne voudrais pas me causer
un grand chagrin. Ce projet de mariage,
malgré son allure romanesque, est absolument sérieux. C'est de mon bonheur
qu'il s'agit. Je veux épouser Mlle Roberval,
et, cela, je le veux, aujourd'hui, je le vou-
drai demain. Tous les jours, je te parlerai
d'elle, je te demanderai ton consentement.
Un moment viendra où tu me l'accorderas...

— Jamais, te dis-je...

— Pourquoi ce refus?... Ah! l'éternelle
misère! La dot de la jeune fille n'est pas
assez importante! Vraiment, ce mariage
ne peut se faire : il manque telle
somme!... » Vous êtes une quantité de
pères qui raisonnez de la même façon.
Vous ne vous dites pas que vous rendez vos
fils malheureux, ou, si vous vous le dites,
vous vous consolez en pensant que vous les

empêchez de faire une mauvaise affaire....

Eh bien ! je suis un têtu et la mauvaise affaire, je crois que je la ferai. Cette jeune fille, je l'aime, je l'aimerai. Elle fera ma vie heureuse, et je ne te laisserai une minute de repos que tu ne l'aies demandée en mariage pour ton fils... J'ai menti à l'abbé Guerrand, il croit que tu consens, il a annoncé ta demande, à Paris...

— Que m'importe ! Il peut annoncer maintenant que je ne la ferai pas...

— Prends garde ! tu vas briser quelque chose en moi: l'affection que j'ai pour toi... Refuses-tu encore ?

— Je refuse et j'empêcherai ce mariage, parce que je veux ton bonheur...

— Mon bonheur malgré moi ?...

— Ton bonheur malgré toi ! A partir de ce moment, je te défends de me parler de cette jeune fille...

— Je ne tiendrai aucun compte de ta défense...

— Ce mariage ne se fera jamais...

— Ce mariage se fera...

Nous étions tous deux, pâles, l'un en face de l'autre. Sentant une folie qui s'emparait de moi, une haine qui montait, je fis un effort, je me précipitai vers la porte, et je sortis.

IV

Faudrait-il donc abandonner mon beau
rêve ? Est-ce qu'il n'y avait pas une destinée ? Est-ce que cette rencontre en chemin de fer n'avait pas été ménagée pour
qu'il y eût un mariage de plus sur la
terre, par la Divinité qui établit le programme de la vie de chacun, jour par
jour, depuis le premier jour jusqu'au dernier ?

Est-ce que, par exemple, dans le programme de la vie de la Petite Provi-

7.

dence, il n'y avait pas cette note, à la date du 2 septembre 1886 :

« La Petite Providence prendra le train à Guingamp, et, à l'arrivée de ce train, à Saint-Brieuc, verra monter dans le wagon, le jeune homme qui deviendra son mari. »

Est-ce qu'il n'y avait pas aussi, dans le programme de ma vie, à cette même date du 2 septembre 1886, une note ainsi rédigée :

« M. Pierre Dupuis montera dans le train, à Saint-Brieuc, verra pour la première fois la jeune fille qui deviendra sa femme... Il l'aimera de suite. »

Les deux notes étaient-elles autrement rédigées?

« Deux jeunes gens se verront, s'aimeront, croiront qu'ils ont été créés l'un pour l'autre, rêveront, confiants, une vie

de bonheur, penseront qu'il n'y a qu'à le
vouloir pour être heureux, que c'est chose
facile que de placer deux mains l'une
dans l'autre, et que, puisqu'il en est ainsi,
leurs parents, leurs amis, souriant à leur
bonheur, heureux eux-mêmes, se déran-
geront, viendront de Bretagne, de Normandie, seront là, émus, approuvant
leurs deux : oui, devant l'autorité civile,
se réuniront pour former le cortège, pren-
dront place dans les voitures, — ces voitures qui avec des roulements joyeux sur
les pavés, mènent à l'église, — graviront
les marches enfouies sous l'épais tapis,
feront leur entrée dans la grande nef, au
bruit des hallebardes, dans le tonnerre
des orgues, verront les anneaux échan-
gés, la pièce bénie, entendront l'allocu-
tion du prêtre, la messe si belle, signe-
ront sur les registres, féliciteront les deux

jeunes mariés, rayonnants de bonheur, et, pendant toute cette journée, seront avec eux, les admireront, leur feront fête, jusqu'au moment où ils s'en iront pour commencer leur vie à deux...

Les deux jeunes gens rêveront tout cela, et leur réveil se fera d'une tristesse découragée ; n'ayant pas été créé l'un pour l'autre, ils ne seront jamais l'un à l'autre et ils souffriront jusqu'à ce que le temps n'efface la grande blessure du cœur, jusqu'à ce que l'image de la Petite Providence si vivante, si grande, ne s'éloigne peu à peu, peu à peu, ayant, chaque jour, moins de vie, prenant, chaque jour, moins d'espace, et ne fasse, enfin, la chute suprême dans l'oubli... jusqu'à ce que l'image du jeune homme qu'elle aimait ne soit, elle aussi, tombée dans l'abîme !..

Après mon entrevue avec mon père, je fus profondément découragé. Toute mon énergie s'en était allée. Ah ! tout était bien fini ! La Petite Providence, je ne l'épouserai jamais ! Pourquoi lutter ? Mon père m'écrasait. Sans son consentement, mon mariage était impossible. Je n'avais pas de position, mes économies étaient nulles. Jamais la mère de la Petite Providence ne consentirait à notre union, si notre avenir n'était pas assuré, si la nouvelle famille ne devait faire bon accueil à sa fille !..

Et, seul, errant dans les rues écartées, en cette journée grise d'octobre, triste, malheureux, courbé, les yeux à terre, je marchais, réfléchissant, pensant que j'avais promis une demande de mon père et que la demande ne serait pas faite, qu'il faudrait annoncer, dans un très bref délai à cette famille qui attendait, à la Petite Providence qui, confiante, ne voyait pas, elle, de difficultés, que mon père refusait son consentement...

Ah ! certes ! ce n'était pas moi que l'on accuserait de me dérober, parce que la dot n'était pas assez belle ! S'il me fallait écrire cette lettre si cruelle pour moi, annoncer le refus, je dirais les choses ! Je ne pouvais admettre que la Petite Providence me méprisât ! Et la cause du refus, et ma rupture avec mon père, et les efforts que j'allais tenter, pour me créer une position, seraient connus !... Ce serait alors à la Petite Providence de voir si elle devait attendre que je pusse devenir son mari, de consulter son cœur !...

Cette dernière pensée releva mon courage. Je me mis à examiner plus froidement la situation.

Avant de faire part du refus de mon
père, il fallait de nouveau revenir à la
charge, être certain que toutes les tenta-
tives seraient infructueuses.

Cessant de marcher au hasard, je repris
la route de notre demeure, voulant annoncer à ma mère mon projet de mariage, et
la façon dont mon père l'avait accueilli...
Trouverais-je en elle un auxiliaire ? Pense-
rait-elle aussi que cette misérable question
de dot suffisait pour empêcher notre
mariage ? Tiendrait-elle compte des qualités de celle que je nommais la Petite
Providence ? Croirait-elle à ses qualités ? Voudrait-elle s'informer, apprendre
d'autres bouches que la mienne que je
n'exagérais rien ?...

Et j'espérais...

Les mères sont indulgentes pour leurs
fils, Lorsqu'elle me verrait si torturé, si

malheureux, elle aurait pitié ! Elle
mettrait son autorité dans la balance,
elle saurait trouver des accents, pour que
son fils espérât de nouveau, et finalement,
peut-être, arrivât à épouser la jeune fille
qu'il aimait.

— Maman, lui dis-je, en entrant dans
la pièce calme, retirée, où elle se tenait
d'habitude et où, en ce moment, elle li-
sait... maman, je suis très malheureux...
Elle leva la tête...

— Ton père sort à l'instant. Il m'a
appris ce projet de mariage...

Et me dévisageant :

— Mais, mon pauvre ami, tu parais
tout bouleversé, tu es pâle... Assieds-toi...
Causons... Jamais jeune fille n'a mérité
qu'on se désolât de la sorte !...

— Je te le répète, je suis très malheureux...

— Eh ! mon pauvre ami, je le vois...
Cependant, tu ne peux, raisonnablement,
vouloir épouser cette jeune fille que tu
n'avais jamais vue, dont tu n'avais jamais
entendu parler, parce que vous avez
échangé quelques phrases, dans un compartiment de train ?...

— Pourquoi donc ?... Est-ce que, dans
nos mariages modernes, l'entrevue est plus
longue que celle que nous avons eue ? Je
ne le crois pas... On convient que l'on se
verra, à une soirée, à un bal, on échange
quelques banalités, et le mariage est
bâclé !... Seulement, les parents des deux
côtés, ont ménagé l'entrevue. Dans notre
cas, rien n'a été préparé, le hasard a tout
fait !...

— Mon ami...

— Le moment où j'ai senti que je l'aimais n'a pas été celui où j'ai appris qu'elle

avait une dot importante : voilà qui n'est
vraiment pas sérieux de la part de ton
fils !... Faites-en votre deuil, mais vous
avez un fils déplorable et pas moderne du
tout ! Il ne sait pas compter ! Je fais vraiment de la peine à mon père, n'est-ce
pas ?...

— Mon ami, ton père veut t'éviter des
regrets tardifs. Une jeune fille, que tu as
vue à peine, n'a pu te prouver toutes les
belles qualités dont ton imagination l'a
ornée. Nous voulons précisément te mettre
en garde contre ton imagination. Laisse-
nous douter que ta Petite Providence soit
supérieure aux jeunes filles que nous con-
naissons. Les papas et les mamans font
aussi des rêves pour l'avenir de leurs enfants, et, le jour où ils s'aperçoivent que
l'un de leurs rêves ne se fera pas réalité,
ils sont cruellement affligés. Ils se laissent

rarement aveugler, eux. Ils ne croient pas vite aux jeunes filles incomparables, jugées telles en quelques heures. Quand leurs enfants ont le droit de choisir, ils souffrent, si la compagne choisie, n'est pas, même en ce qui concerne la position de fortune, la compagne qu'ils avaient rêvée. Ne fais pas fi de la fortune ; elle est, va, proche parente du bonheur !...

— Toi aussi, maman, tu raisonnes de la sorte !...

— Eh ! le bonheur en ménage, quand il faut se restreindre ?... Bien aventuré, le bonheur !.. Les regrets sont proches...

— Maman, maman !..

— Précisément, ta Petite Providence, qui est sans défauts, a cependant celui de ne point posséder la dot que nous jugeons nécessaire. De là, notre opposition, la bousculade que nous donnons à ton en-

thousiasme, persuadés d'ailleurs, que ta
petite voyageuse n'est pas un trésor dont
on ne puisse trouver le pareil. Son prin-
cipal mérite le voici : .

Elle s'est trouvée sur ton chemin au
moment où, après une absence de deux
années, après une longue maladie, après
ton exil dans l'île, toute petite, primitive,
loin des plaisirs mondains, tu faisais ta
rentrée dans le monde, décidé, sans que
tu veuilles l'avouer, à modifier ta vie un
peu folle d'autrefois.

Aurait-elle produit la même impression
sur toi quelques jours après, à un bal par
exemple ? Tu l'aurais vue, parmi d'autres
jeunes filles, éclipsant peut-être quelques-
unes, mais éclipsée par d'autres et il est
probable que tu n'aurais pas eu de regards
que pour elle...

Elle s'est trouvée sur ton passage, mon

ami, au moment psychologique. Elle n'a pas eu à se mettre en frais de coquetterie, à se montrer très spirituelle, pour te captiver. Non, ta Petite Providence des deux gâteaux de Saint-Brieuc, qui n'a rien d'une héroïne de roman, revenait tranquillement de Bretagne avec ses parents, dînait avec eux dans le wagon, avait très bon appétit... puis, après le dîner, pendant que ses parents se reposaient, elle écoutait le discours de monsieur mon fils qui était en verve et elle riait.

C'est donc en t'écoutant et parce qu'elle t'écoutait, qu'elle a fait ta conquête ! Point n'était besoin d'être femme supérieure pour cela; mais, c'est de cette façon que l'on fait toujours la conquête des bavards !...

Je t'en supplie, ne rêve donc plus femme idéale. Ne donne pas à la jeune fille qui passe, que tu ne connais pas, toutes les qualités ! Tu connaîtras la réelle valeur de celle-là seule que tu épouseras, et ce n'est que peu à peu que tu pourras l'apprécier, cette valeur.

Tu as placé trop haut ta Petite Providence. Elle n'aura pas à te découvrir sa valeur, elle ! Du premier coup, tu lui as donné toutes les qualités. Crains, mon ami, que ton imagination ne la laisse pas toujours sur ces hauteurs où tu la places, en ce moment. Crains les désillusions qui viendront peut-être. Plus tard, tu épouseras une femme de laquelle tu attendras moins, à laquelle tu demanderas moins, qui n'aura pas été mise par toi sur un piédestal trop élevé.

Allons ! mon ami, la séance a été longue ; mais j'espère que je n'ai point perdu mon temps. Nous apprendrons aux parents de la Petite Providence que ce mariage ne peut se faire... Oh ! elle saura que ce sont tes parents qui mettent obstacle !

— Ah ! ma pauvre maman, voilà bien les parents ! Je crie mon amour, je désigne la personne aimée, et ils répondent : « Non, pas celle-là... une autre... à laquelle nous avons pensé pour toi, qui aura précisément la dot que nous avons fixée, et qui, dans votre intérieur, pourra être stupide tout à son aise, sans te causer de désillusions, par cette bonne raison que, avant ton mariage, ne l'ayant pas remarquée, ou, du moins, ayant attaché fort peu d'importance à la personne, épousant la dot, tu ne te seras pas fait d'illusions à son sujet !... Mais, cette jeune fille-là, c'est la jeune fille de l'entrevue classique !... Grand merci !... A qua-

rante ans, lorsque je serai à point, assez
abruti en orgies avec les gueuses, grâce à
vos empêchements bourgeois d'aujour-
d'hui, nous en reparlerons de l'entrevue
classique !... Ah ! pauvre Petite Providence, lorsqu'on saura que votre mariage
ne se fait pas sans difficulté, on vous of-
frira aussi un mari classique ! « Vous
n'épousez pas ce jeune homme ?... qu'importe ! J'ai un si bon mari à vous offrir !... »

Anéanti par ces deux entretiens si
cruels, avec mes parents, je me laissai
tomber, désespéré, sur un siège. Ma douleur était à son paroxysme. Un sanglot
nerveux me secoua...

Ma mère se précipita vers moi, me prit
les mains :

— Ainsi donc, c'est sérieux... grand
enfant ! tu l'aimes ?

Et spontanément :

— Mais ne te désoles donc pas ainsi ! Mais ce mariage n'est pas impossible ! Mais c'est moi, entends-tu ? moi, qui vais écrire à la mère de la Petite Providence, lui expliquer un refus momentané de ton père, suivi pour nous d'un triomphe certain !... Oui, mon ami, d'un triomphe certain... Je suis avec toi, maintenant... Nous grouperons les renseignements, je les ferai voir à ton père, je le déciderai... Sois tranquille, sois heureux, tu épouseras la Petite Providence !...

Elle me tendait les bras, riant et pleurant...

Je m'y jetai, suffoqué, heureux, ne pouvant prononcer un mot...

— Ah ! ces fils, dit-elle, comme ils savent faire de nous des avocats, pour plaider leurs causes !

8.

V

Le lendemain, ma mère me fit appeler...

— La nuit t'a porté conseil... Tu renonces à la Petite Providence ?

Je fis : non, non, non, de la tête...

— Je m'en doutais... Vois... sur ce bureau... là-bas... C'est la lettre que je viens d'écrire à Mme Roberval.

— Oh! merci !

— Eh ! ne fallait-il pas l'écrire, puisque mes discours n'ont pu te convaincre !... car ils ne t'ont pas convaincu, n'est-ce-pas ?...

— Je te l'avoue... pas du tout !...

— Et, si je recommençais, aujourd'hui ! Réussirais-je davantage ?

— Chère maman... non... mille fois non... Tranquillise ta conscience...

— En attaquant la Petite Providence, je t'ai, mon pauvre ami, beaucoup peiné, hier...

— Beaucoup... Mais tes paroles, chère mère, obtenaient un résultat tout autre que celui que tu espérais. Destinées à amoindrir la Petite Providence, elles ne réussissaient qu'à la grandir, dans mon esprit; destinées à faire naître des doutes, au sujet de ses qualités, elles me faisaient évoquer le souvenir de ma charmante compagne de route, injustement attaquée, de son sourire si fin et cependant si doux, de sa conversation si spirituelle, de ce tout qui m'avait fait voir en elle la jeune fille

bien élevée, distinguée, intelligente. Tes
paroles rendaient mon désir plus intense
d'arriver à te prouver, un jour, que le
portrait que je faisais de la Petite Providence était vrai, le tien, faux...

— Mon ami, je désire qu'il en soit ainsi.
J'épouse ta cause, par conséquent, il faut
que je me prouve à moi-même, tout en le
prouvant à ton père, que cette cause est
bonne. J'aurai tous les renseignements
désirables et, lorsque ton père n'objectera
plus la question de dot, je t'accompagnerai
à Paris.

— Avez-vous eu un nouvel entretien au
sujet de mon mariage ?

— Oui.

— Et ?...

— Oh ! mon ami, pas si vite, pas si
vite !... Ne m'interroge pas... Je ne te
répondrai que lorsque j'aurai réussi...

— Ah ! c'est qu'il a encore refusé !

— Mon enfant, aie donc confiance en moi ! Ne m'oblige pas à te faire passer plusieurs fois par jour peut-être, par des alternatives d'espérance et de désespoir...

— Et bien ! je serai calme, patient... Mais parle-moi encore d'espérance... Dis-moi que tu comptes réussir !... J'ai peur, vois-tu ! Je crains que la mère de la Petite Providence ne brise immédiatement toutes relations, lorsqu'elle apprendra que mon père ne donne pas son consentement...

— Tu crois ton amour partagé. Est-ce que la Petite Providence, à Paris, ne doit pas défendre votre cause comme tu la défends, ici, toi ?...

— Je suis persuadé qu'elle la défendra. Puis-je lire cette lettre que tu écris à Mᵐᵉ Roberval ?

8.

— Lis...

La lettre était ainsi conçue :

« Madame,

» Je vous félicite d'avoir une fille si
charmante. Mon fils m'en parle si souvent
et en termes si élogieux que je me suis
mise moi-même à l'aimer. Je voudrais que
ma fille, petit garçon enjuponné, lui res-
semblât un jour.

» L'abbé Guerrand nous a communiqué
votre lettre. Elle donne à mon fils l'espérance que son beau rêve pourra se réaliser. Je vous en remercie pour lui et pour
moi. Je serai heureuse de ce mariage.

» Nous trouvons une petite résistance en
mon mari. Elle provient du chiffre de la
dot. Je suis persuadé que cette difficulté ne
sera que passagère. J'ai promis à mon fils

de faire tout ce qui dépendra de moi pour qu'elle soit vite aplanie. Mon fils aime mademoiselle votre fille. Ses sentiments sont, je crois, partagés. Bientôt, mon mari pensera comme moi que l'on ne peut cependant rendre deux enfants malheureux, parce qu'un chiffre n'est pas celui que l'imagination avait fixé.

» Les deux mamans, je l'espère, vont se comprendre, se tendre la main, et le mariage se fera prochainement. »

— Tu as lu ?

— Oh ! chère mère, merci !

— Mon pauvre ami, nous ne devons voir la situation meilleure qu'elle ne l'est en réalité. Il manque évidemment quelque chose de très important à cette lettre : le consentement de ton père. Mais, il peut se faire qu'il tarde un peu à le donner et un silence prolongé donnerait à entendre que nous renonçons au projet de mariage. Il faut donc faire part de la difficulté. A la mère de la Petite Providence de juger si elle doit nous accorder un délai ou rompre immédiatement! Mais j'ai bon espoir en la Petite Providence : les choses se passeront au gré de nos désirs... »

Alors, de nouveau, je fus livré à l'inquiétude... Ces craintes éprouvées, lorsque j'avais appris que la lettre de l'abbé Guerrand était partie, la demande préliminaire adressée, je les éprouvais de nouveau. La question restait la même, rien n'était fait, puisque mon père refusait...

Mme Roberval, en présence de cette situation, ne se fâcherait-elle et ne répondrait-elle pas un refus absolu de poursuivre ?.....

..... Ma mère vient de recevoir une

lettre de Paris. Avant de l'ouvrir, elle m'a fait appelé.

— Ton sort est dans ce pli. Si la réponse n'est pas telle que nous l'espérons, sois homme, aie le courage de penser que tu n'es pas aimé. Si, au contraire, la rupture n'a pas lieu, tu la dois à l'intervention de la Petite Providence.

— Ouvre vite... vite... Tu le vois, je ne vis plus !

Et la rupture n'avait pas lieu... La Petite Providence m'aimait donc !

Et cette fois, ma mère elle-même partageait ma conviction...

On devinait, dans la réponse, une mère anxieuse, désirant le bonheur de sa fille, voulant croire à la promesse de ma mère, et tremblant à la pensée que cette promesse pourrait ne pas se réaliser. Entre la mère prudente, voulant rompre immé-

diatement et la Petite Providence, ne voulant pas admettre les sombres peintures,
il y avait eu certainement, un échange de :

— Ce mariage ne se fera jamais...

— Ce mariage se fera...

— Et, après de longs débats, Mme Roberval qui aurait désiré, à défaut de rupture, tergiverser, attendre, ne pas s'avancer, se tenir coi, ne rien répondre, pressée, sollicitée, par la Petite Providence,
avait écrit :

« J'attends, mais hâtez-vous de m'annoncer le consentement de votre mari. »

Telle qu'elle était, cette lettre m'em-
plit de joie. Dans mon bonheur, je remer-
ciais chaleureusement ma mère... Comme
je sentais maintenant que, sans son intervention, notre mariage ne se fût jamais
fait ! Je l'embrassais...

— Ah ! tu désires mon bonheur, toi !...

— Ton père aussi le désire, ton bonheur ! Il craint qu'il ne soit pas dans ce mariage et il est hostile ! Le jour où je réussirai à lui prouver qu'il se trompe, tu verras un grand changement en lui. Aujourd'hui, à la seule pensée que tu pourrais n'être pas heureux, devant son devoir, qui est de t'indiquer le danger, il te déclare qu'il ne veut pas de ce mariage... Mais, qu'il connaisse la Petite Providence, qu'il puisse l'apprécier, qu'il voie sa famille, et le croquemitaine qui te fait peur aujourd'hui, qui menace d'empêcher la réalisation de ton rêve, s'évanouira devant le père dont l'affection pour toi est bien certaine...

Il finira par permettre que je t'accompagne à Paris, et lorsque, à son tour, la Petite Providence, accompagnée de sa mère, viendra au Havre, tu verras son bon accueil. Il fera fête à ta fiancée. Et, plus tard, comme il aimera ta femme, qui le fera grand-père !

— Et la question de fortune ?

— Quand il connaîtra ta Petite Providence, si elle réussit à lui persuader qu'elle te rendra heureux, il fera de la question de fortune une question secondaire...

Et maintenant, mon ami, encore un peu de patience ! Réjouis-toi à la pensée que tes affaires sont bien meilleures qu'elles ne l'étaient avant ma lettre à Mme Roberval.

— Oh ! oui, je suis heureux ! La Petite Providence me paraissait si loin de moi ! Et, maintenant, il me semble qu'elle se rapproche, qu'elle se rapproche !

— La destinée, mon cher ami !... Il y a quelques jours, ce mariage paraissait-il possible ?... Cette jeune fille, tu ne l'avais jamais vue. Jamais, tu n'en avais entendu parler. Elle était en Bretagne depuis un mois. Tu étais allé plusieurs fois à Guingamp et tu ne l'avais même pas aperçue. Et voilà que vous quittez la Bretagne, toi après y avoir passé une année, le même jour, par le même train.

Elle a pris place à Guingamp. Le train se met en marche, arrive à Saint-Brieuc, s'arrête. Il a aligné ses wagons devant la gare de Saint-Brieuc. Dans lequel de ces deux wagons monteras-tu ?... Dans celui-ci ?.. Dans celui-là ?... Tu cherches... Tu marches, allant, revenant... tu t'arrêtes devant les portières... « Non, pas là ! »... Ici ? « Pas d'avantage ! »... Cette fois, il semble que tu vas prendre une décision... Tu t'arrêtes plus longtemps, et ton regard plonge... Cinq personnes !... Ta résolution

9

est prise... Tu montes, tu disparais dans
ce wagon où tu verras pour la première
fois celle qui, dans le livre des destinées,
est inscrite pour être ta femme... »

— Le charmant souvenir tu évoques !
Je me vois encore cherchant une place,
m'arrêtant devant le compartiment où
étaient les cinq personnes... En cette
minute suprême, mon avenir se décidait :
« je pouvais passer, continuer mes re-
cherches ; et jamais je n'aurais connu la
Petite Providence ! »

— Et longtemps encore, tu n'aurais pas
pensé du mariage de si belles choses !...
Un jour, selon la loi de la nature, les
parents s'en vont, le besoin d'affection
reste, et il est triste d'être seul devant la
douleur, de sentir un grand vide autour
de soi, d'avoir à demander des consolations à des amis qui veulent bien vous

plaindre une fois, pleurer même avec vous quelques minutes, à condition que vous repreniez bien vite votre vie qui les amuse !

Si, au contraire, une main de femme est là, qui vous caresse, en ces moments terribles; si une voix aimée vous dit : ne suis-je point là, pour partager ton affliction; pour remplacer ceux qui n'y sont plus; pour t'aimer comme ils t'aimaient; pour te donner une famille ?... vous relevez la tête, vous reprenez courage, votre douleur devient moins amère, et vous pensez que vous avez les mêmes devoirs à remplir que ces parents qui s'en sont allés... Un jour aussi — peut-être avant, peut-être après — votre compagne a besoin des mêmes consolations, des mêmes paroles qui réconfortent, d'un bras pour s'appuyer, et, alors, quel beau rôle vous avez à rem-

plir vis-à-vis de cette femme qui, sans
vous, serait sans courage, affolée dans sa
douleur, seule !... Voilà quelles sont les
pensées des mamans qui aiment leurs
enfants; voilà ce que se disent les mamans
des garçons de même que les mamans des
filles, et voilà pourquoi, toutes, nous nous
réjouissons, voilà pourquoi nous sommes
si heureuses, quand nos enfants se
marient; et voilà pourquoi aussi, quand
j'ai vu que tu aimais véritablement la
Petite Providence, en mère qui pense aux
jours sombres, j'ai souhaité ce mariage...
Oh ! Ces jours-là, je l'espère pour ton
père et pour moi, n'arriveront que dans
un temps très long, et nous verrons, tous
deux, grandir nos petits-fils et nos petites
filles.

... Parlons encore de la lettre de
Mme Roberval. Pauvre maman ! Elle me

semble très inquiète ! Elle n'a que tout
juste foi en ma promesse. Elle craint que
le dénoûment ne soit point le beau dénoûment que je promets...

— Ne crois-tu pas qu'il serait bien,
qu'il serait généreux, de diminuer cette
inquiétude ?...

— Comment la diminuer ?

— Je crains que nos lettres n'expriment
pas assez clairement la certitude que nous
avons d'obtenir le consentement de mon
père. Si tu tardes à obtenir ce consentement, l'inquiétude de Mme Roberval aug-
mentera et la Petite Providence elle-même
perdra de sa belle foi. Elle pourrait avoir
à souffrir des terreurs de sa mère. Ne
dois-je pas empêcher cela ?... En allant à
Paris, en me présentant moi-même, en
dépeignant avec franchise la situation
telle qu'elle est, en montrant mon assu-

rance d'arriver vite, maintenant que tu me protèges, au résultat désiré, je réussirai, je crois, à lever les doutes et je serai un renfort pour la Petite Providence... Nous dirons tous deux à Mme Roberval d'avoir confiance : ce sera un duo...

— J'approuve ton idée...

— Veuille donc demander une entrevue pour moi à la mère de la Petite Providence. Le motif en est tout trouvé : « compléter les renseignements de l'abbé Guerrand, en donner d'autres. » Mme Roberval m'accordera cette entrevue, car elle sera aussi d'avis qu'en cette question délicate du mariage, l'entretien est préférable aux lettres échangées, les pensées qui les dictent pouvant n'être pas, de part et d'autre, toujours bien comprises.

Ma mère écrivit immédiatement à Mme Roberval, la priant de me recevoir un

dimanche qu'elle voudrait bien indiquer ;
nos bureaux fermaient et c'était le seul
jour où je pusse m'absenter.

La réponse ne se fit pas attendre.
Mme Roberval me prévenait qu'elle serait
chez elle, le dimanche suivant.

Pour la première fois, depuis la demande
en mariage, j'allais me trouver en présence de la Petite Providence !

VI

Le dimanche était arrivé.

Quel contraste entre mon départ, en septembre, pour Paris, lorsque le bureau de recrutement m'eût appris mon sursis, et mon départ, aujourd'hui. Autant le premier était gai, autant celui-ci était sombre. En septembre, mes parents, dans la voiture qui roulait gaîment sur le boulevard de Strasbourg, nous menant à la gare, me souhaitaient bon voyage, me

faisaient mille recommandations au sujet
de ma santé ; ma sœur rieuse, me suppliait
de ne point me prolonger dans ma cure,
afin que, à mon retour de Vichy, la mer
n'était pas encore trop froide, je pusse
lui donner des leçons de natation.

Aujourd'hui, j'avais quitté, seul, le
logis, à une heure très matinale. Il faisait
nuit noire ; il pleuvait à torrents. Les rues
étaient sombres, les maisons fermées. Ma
mère, seule, savait mon voyage à Paris.
Invité à une partie de chasse, aux environs
du Havre, j'avais laissé croire à mon père
que j'acceptais l'invitation. Cette super-
cherie m'avait mis dans l'obligation de
partir, avant l'heure du train, l'express
que je prenais réellement ne s'arrêtant
pas à la petite station voisine de la
« chasse », et « l'omnibus » que j'aurais dû
prendre, si j'avais eu l'intention de chasser,

9.

partant deux heures avant l'express... Il ne
fallait pas que mon père se doutât de mon
voyage à Paris.

J'étais donc sorti, sous la pluie qui
tombait, me dirigeant vers la gare, entendant mes pas, dans le rue endormie,
n'apercevant que de rares lumières, et me
demandant si, à cette heure matinale, je
trouverais un café ouvert, près de la gare,
pour y entrer, pour y tromper mon ennui,
par la lecture des journaux, en attendant
le moment de prendre mon billet.

**Le café avait été trouvé. Les journaux
avaient été entassés devant moi. J'avais
essayé de lire. J'avais même lu... Mais,
qu'avais-je lu ?... Je n'en sais absolument
rien. Dans ces journaux, il n'était sans
doute question de la Petite Providence,
ni de l'entrevue ; or, pendant que je par-
courais les colonnes, il me semblait voir**

le nom de Mlle Roberval imprimé en nombre incalculable de fois ; il me semblait que, dans ces colonnes, le mot : « entrevue » alternait avec le nom de la Petite Providence. Le hasard avait voulu qu'un cartel fut accroché au mur, en face de moi, le cartel avait été cause d'une très grande préoccupation. Jamais, je n'avais regardé l'heure aussi souvent. Jamais aiguilles ne m'avaient paru si lentes.

— Garçon, avez-vous l'heure de la gare ?

— Non, monsieur

— Ah ! très bien !...

— Nous avançons de dix minutes... J'avais regardé le garçon de travers... « Tête très peu intelligente ! » Il m'eût répondu : « nous retardons de dix minutes » que je lui eusse trouvé la tête d'un homme intelligent...

Cependant, la gare s'était éclairée.

Quelques voitures étaient arrivées. Puis, ç'avait été le lourd omnibus du chemin de fer, arrivant dans un fracas, faisant trembler le sol, et résonner les vitres

J'avais immédiatement appelé le garçon, réglé ma dépense, et m'emparant de ma couverture de voyage, que je jetais sur mon bras, je m'étais précipité vers la gare, en voyageur qui se croit en retard, qui a peur de manquer le train...

Mais, la salle à peu près vide, dans son grand silence à peine troublé par des chuchottements, avait calmé mon empressement et, ralentissant mon pas, je m'étais dirigé vers le guichet, solitaire en ce moment, laissant apercevoir la tête de l'employé

Muni de mon billet, j'avais traversé la salle d'attente et j'avais pris place immédiatement dans le train. Blotti dans un coin, j'avais vu arriver successivement quelques voyageurs. Après un temps qui m'avait paru très long, j'avais entendu le bruit des portières que l'on fermait. Une main avait rentré ma couverture qui dépassait, et fermé violemment la portière de mon compartiment. Puis, toutes les portières fermées, il s'était fait un grand silence. Au dernier moment, plusieurs voyageurs étaient arrivés en courant...

Bruit de voix, portières ouvertes et refermées... « Allons ! dépêchez-vous ! »... Silence... Un coup de sifflet strident... Un dernier voyageur, haletant, monte dans mon wagon... Le train s'ébranle... Il est parti !...

La pluie avait continué à tomber, frappant les vitres. Le train à toute vitesse, avait marché dans la nuit. Le jour s'était fait, tardif, découvrant une campagne, triste, désolée, déserte en ce jour du dimanche où les paysans se reposaient. Des champs noirs, récemment labourés, des arbres nus apparaissaient. Puis, c'étaient des cours d'eau, sales, jaunâtres, qui emportaient des roseaux et des branches mortes, et qui débordaient, par ci par là, couvrant l'herbe des prairies. Des bandes de corbeaux volaient, sinistres, dans l'air, tournoyant au-dessus des champs, avant de s'y abattre.

Quelquefois, on avait la vision, dans un chemin boueux, d'un cheval de paysan, trottant lourdement, attelé à une carriole toute maculée, dans laquelle, sous leurs parapluies ouverts, quelques bons campagnards étaient affreusement secoués... Vilains paysages engendrant la mélancolie. Puis, tout disparaissait dans la pluie qui tombait plus violente, en déluge.

Nous venions de quitter Rouen. Seul, maintenant, l'âme triste, je me rappelais mon voyage de Paris, en septembre. Alors, j'étais dans l'enthousiasme. Je souriais à ma destinée qui m'avait fait rencontrer la Petite Providence. Je regardais par la portière le ciel splendide, étoilé, après avoir écouté les paroles naïves d'un compagnon de voyage qui, lui aussi, était heureux, communicatif, parce qu'il allait passer sa journée de dimanche près de sa fiancée. En entendant ses confidences, je m'étais demandé : « Serai-je, un jour, moi-même, le fiancé de la Petite Providence ?... »

Hélas ! depuis, j'avais bien souffert, et, aujourd'hui encore, j'en étais à me poser cette question.

Était-ce l'influence de cette sombre journée de novembre, de la solitude dans

mon compartiment, de mon départ si peu
riant du Havre ? Mais j'étais poursuivi par
de sombres pensées.

Épouserais-je jamais la Petite Providence ? Ma mère, dans son désir de me voir
heureux, avait pu se tromper, en m'as-
surant qu'elle réussirait là où j'avais
échoué. Et, maintenant, un je ne sais quoi
me disait qu'elle échouerait aussi, que ce
mariage ne se ferait jamais.

J'avais eu une idée généreuse : accomplir ce voyage de Paris, pour rassurer la
mère de la Petite Providence ; afin que la
Petite Providence elle-même lût dans mes
yeux, entendit dans mes paroles, combien
je l'aimais, entendit... entendit surtout
ma promesse solennelle de l'épouser... et,
maintenant, dans ce train qui filait le long
des champs déserts et noirs, je me disais
que cette entrevue tournerait contre moi,

que mon trouble — trouble inévitable tellement je serai ému — serait mal interprété de la mère de la Petite Providence, qui lui donnerait pour cause la crainte de ne pas obtenir le consentement de mon père. Il ne faudrait pas autre chose à cette mère tourmentée inquiète, pour la décider, en un instant, à rompre toutes relations. Je ne devais pas espérer que la Petite Providence serait toujours puissante. Il arriverait un moment où elle devrait céder devant, la froide Raison, représentée par sa mère.

Nous arrivions à Mantes. La pluie avait cessé. Un rayon de soleil parut. Je souris à ce rayon de soleil. Est-ce qu'il venait m'annoncer qu'après les jours sombres, les jours de défaites, viendrait un beau jour, un jour de conquête ?

Hélas ! ce rayon de soleil disparut vite

et, avec lui, mon espérance d'un instant.

La veille au soir j'avais obtenu de ma
mère qu'elle parlât à mon père de mon
mariage.

— Mon enfant, avait-elle commencé par
me dire, il a été convenu entre nous que je
ne te ferai part que de la démarche couron-
née de succès, de la démarche qui te lais-
sera libre d'épouser la Petite Providence.

J'avais insisté.

— Pense donc, si je pouvais annoncer, à
Paris, une presque réussite ! Si je pouvais
dire que mon père, dans un entretien
avec toi, s'est montré moins rebelle !

— Mon ami, ta demande me contrarie.
Cette démarche, je comptais la faire. Mais
je voulais te la laisser ignorer, en cas de
complet insuccès.

— Je serais courageux...

— Tu me le promets ?

— Je te le promets !

— Eh bien ! attends mon retour, ici...

Ma mère disparut. J'attendis le résultat de sa démarche, fiévreux, arpentant la pièce, m'asseyant, me relevant, exécutant avec les doigts des marches sur les vitres. Elle tardait à revenir... Pauvre mère ! elle plaidait longuement ma cause !

Elle parut ?

— Eh bien ? m'écriai-je, en me précipitant vers elle...

Elle laissa tomber ses bras... Je la regardais si désolé, qu'elle dit vivement :

— Ne te préoccupe pas de cet échec... Je t'ai recommandé la patience... Ne laisse pas le découragement entrer en toi, au moment où tu vas précisément prêcher le courage à d'autres, donne l'espoir en l'avenir... Regarde-moi... Écoute-moi... J'ai confiance, moi!... Espère !...

Électrisé par ces paroles, je répondis:

Oui, j'ai confiance en toi ! Tu réussiras.
Ce sera le dernier échec !...

— Et maintenant, dans le train, me rap-
pelant la colère de mon père, ses paroles
menaçantes : « J'empêcherai ce mariage ;
il ne se fera jamais! » je sentais de nouveau
une grande angoisse qui montait en moi.

Le train s'arrêtait. Nous étions à
Paris... Paris ! le séjour enchanteur ! et il
n'interrompit même pas le cours de mes
tristes pensées!... Je sortais de la gare, pensif, étonné de ne point avoir ce sentiment
de joie que j'éprouvais toujours, les autres
fois, en arrivant dans la capitale. Et encore une fois, je pensai à la prise de possession si gaie de Paris, en septembre,
sous le ciel qui scintillait, dans ce bruit
qui étourdit le nouvel arrivant ;

... Aujourd'hui, il tombait une pluie fine

qui rendait les trottoirs boueux et gras ;
de longues files de parapluies s'étendaient
au loin, et, sous ces appareils préser-
vateurs, tous les visages me parais-
saient sombres, contrariés. Sur leurs
sièges, les cochers, retenant à chaque
instant leurs bêtes mouillées qui glis-
saient, faisaient leurs têtes, désagréables
toujours, plus désagréables encore, s'in-
juriaient, et toisaient, dans leur imper-
tinence canaille, les personnes qui dési-
raient monter dans leurs véhicules. Les
maisons, les édifices, avec leurs murs
noircis par la pluie, semblaient revêtus
d'un manteau de tristesse. C'est dans
ce Paris maussade, vu à travers ma tristesse, que j'allais attendre le moment
de me présenter à la famille de la Petite
Providence.

VII

J'ai fait remettre ma carte. Dans le
salon où l'on m'introduit, et assise près
de la cheminée, la mère de la Petite Providence. En face d'elle, un monsieur,
soixante ans, environ, regard vif et per-
çant. Dans un canapé, plus éloigné du feu,
le père de la Petite Providence, malade,
très fatigué, semblant indifférent à ce qui
se passe autour de lui. Il ne paraît pas
remarquer ma présence.

La Petite Providence n'est pas là. Je

salue, balbutiant quelques mots. Mme Roberval me présente au vieux monsieur.

— Monsieur Pierre Dupuis.

— Mon beau-frère. M. André Roberval... » M. André Roberval, je le devine, est le conseiller de Mme Roberval, depuis qu'un surmenage intellectuel a fatigué le père de la Petite Providence et a fait d'un homme brillant, plein de verve, d'esprit, fort, vigoureux, il y a peu de temps encore, cet homme dont la parole est lente, difficile, dont l'esprit s'est couvert d'un voile, en même temps que les forces physiques s'en sont allées.

Pauvres femmes ! Qu'elles ont dû souffrir, en assistant à cette triste transformation !

Après un moment de silence, je dis :

— Je vous remercie, madame, d'avoir bien voulu me recevoir. Je vous remercie,

surtout, d'avoir eu confiance en nous. La
difficulté qui surgit, nousvous le promet-
tons, sera aplanie. Je vous l'affirme ! et ma
mère vous le promet par ma bouche... Je
suis ici, parce que j'ai voulu vous le dire
de vive voix, et, aussi, pour que vous com-
preniez bien, que vous sentiez, en m'entendant parler, que vous voyiez en mon
visage, combien je suis sincère, en disant
que j'aime mademoiselle votre fille...

Le vieil oncle de la Petite Providence
prit la parole :

— Vous êtes jeune, vous êtes amoureux !
Vous voyez une barrière sur votre chemin
et vous vous dites, « je vais sauter par-dessus... » sans vous rendre absolument
compte, si le tour de force est dans vos
moyens...

— Il l'est. Je vous l'assure, il l'est...

— Alors, vous prenez votre élan, vous

courez et... la barrière est trop haute...
vous ne sautez pas...

— Pardon, je saute !..

— Pardon aussi, vous ne sautez pas !...

— Eh bien ! soit ! je ne saute pas ; mais
la barrière s'ouvre, puisque mon père consent...

L'oncle de la Petite Providence souriait...

— Toujours cette belle confiance ! Je ne
mets pas en doute votre sincérité : Vous
désirez et naturellement, vous croyez...
Vous réussiriez même à faire partager
votre erreur...

— Ah ! monsieur, mon erreur !..

— Votre foi, si vous préférez, à trois personnes : à ma nièce, qui ne veut admettre
aucune impossibilité, puisque vous avez
promis de réussir ; à madame votre mère,
qui préfère que les désirs de son fils soient

10

satisfaits ; enfin, à ma belle-sœur, qui, vis-
à-vis de sa fille, est absolument dans les
mêmes sentiments que madame votre
mère vis-à-vis de vous...

Mais, toutes ces bonnes raisons de croire
au mariage ne font pas que Monsieur votre
père donne son consentement...

Voyons ! Vous avez protesté, quand j'ai
parlé de votre erreur : nous apportez-vous
donc, aujourd'hui, sinon le consentement
entier de votre père, du moins, un indice
qui nous permette d'espérer qu'il est
proche ?... sait-il que vous êtes aujour-
d'hui, à Paris ? Est-ce, enfin, avec son au-
torisation que vous venez nous voir ?

La mère de la Petite Providence, me
regardait, inquiète, attendant ma réponse...

Et voyant qu'elle tardait :

— Avez-vous fait du chemin, me

demanda-t-elle, depuis la dernière lettre
de madame votre mère ?... Oui, n'est-ce
pas ?.. M. Dupuis est moins rebelle, maintenant ?.. S'il ne cède pas encore, c'est
qu'il est assez dans nos habitudes, lorsque
nous nous sommes entêtés, de garder
le plus longtemps possible en nous-même,
par amour-propre, le secret de notre
acquiescement tardif ?..

Ces questions me torturaient. Je le
sentais, de cette visite allait dépendre mon
avenir. Mme Roberval et l'oncle de la
Petite Providence attendaient mes paroles.
Un mot pouvait me fermer à jamais cette
maison.

— Non, dis-je, en riant, cachant mon
inquiétude, mon père ne sait pas que je
suis à Paris. Il me croit en ce moment,
aux environs du Havre, cha sant la
perdrix. Aussi, ce soir, avant de quitter

Paris, achèterai-je deux beaux perdreaux :
le produit de ma chasse...

Je vous en prie, madame, ne soyez pas
plus inquiète que je ne le suis. Ce consentement, je ne vous l'apporterai pas à demi,
je vous l'apporterai tout entier, comme me
le donnera mon père, dans un avenir très
prochain... Mon père est bon, il m'aime.
J'ai pu le contrarier ; mais sa mauvaise
humeur passera. Il hésite encore. Son
amour-propre lui dit de tergiverser ; mais,
sa grande affection pour moi lui dit :

« Fais donc un heureux ! »

Et cet heureux, il le fera... Partagez ma
conviction, madame ! Il le fera, bientôt !...

L'oncle terrible hochait la tête, disait :

— Jeunesse, jeunesse !...

Mme Roberval un peu réconfortée, ajoutait :

— Mais, cependant, s'il ne l'accordait pas, ce consentement !... J'aurais dû prévoir cela ! J'ai eu tort de faire part à ma fille, de suite, de votre demande en mariage ! Je savais lui faire tant de plaisir ! Depuis ce malheureux voyage en chemin de fer, c'était « le monsieur du train » par ci, le « monsieur du train » par là... Enfin, toujours le monsieur du train !...

Maintenant, une rupture lui causera un grand chagrin, et plus j'attendrai, plus sa peine sera grande le jour où il faudra la lui annoncer...

— Oh ! madame, ne regrettez pas, ne regrettez rien !... Si vous saviez comme vos paroles me rendent heureux ! Elles me disent que mademoiselle votre fille m'aime comme je l'aime ! Ne maudissez pas ce voyage, nous le bénissons moi et... vous venez de me le dire, mademoiselle

10.

votre fille... Une rupture! mais, jamais, vous n'aurez à la lui annoncer! En arrivant au Havre je vais de nouveau plaider notre cause : la plaider et la gagner !...

N'en doutez pas, monsieur. Si je fais cette promesse, c'est que je suis certain de la tenir !

Et maintenant, madame, avant de me retirer, permettez-moi de vous adresser une prière... Il me serait bien pénible de partir, sans avoir vu mademoiselle votre fille... Une entrevue... si courte qu'elle fût... me rendrait si heureux ! me donnerait tant de courage !... madame.... je vous en prie !...

L'oncle terrible s'empressa de prendre la parole...

— Oh! cela nous ne le pouvons pas ! Revenez dans huit jours... demain même, si vous le pouvez, avec le consentement de votre père, et vous verrez ma nièce !...

J'insistai avec force. Je luttai en désespéré... Partir sans voir la Petite Providence !... Oh ! non, ce serait trop cruel !... J'employai mille arguments, tantôt m'adressant à Mme Roberval, tantôt à l'oncle terrible...

Mme Roberval ne se défendait guère; mais l'oncle terrible me tenait tête et répondait invariablement :

— Revenez avec le consentement de votre père !

— Ma fille ne devait pas être ici, monsieur. J'avais projeté de l'envoyer chez sa tante. C'était convenu. Puis, ce matin, elle m'a déclaré qu'elle était souffrante, je n'ai pas voulu qu'elle sortît... Je vis que l'oncle terrible haussait les épaules Il ne croyait pas à la maladie subite de la Petite Providence...

—Pardonnez à mon insistance, madame, mademoiselle votre fille est là, tout près. Elle attend comme moi que vous permettiez une petite entrevue. Elle devine que je la demande, cette petite entrevue et, si je pars sans l'avoir obtenue, elle m'accusera d'être un piètre avocat... madame, laissez-vous attendrir... madame...

L'oncle terrible me faisait de gros yeux. Mme Roberval se leva...

— Eh bien ! j'ai tort, tort, absolument tort, mais je me laisse attendrir... Ma fille va venir... Mais remarquez que je vous accorde une entrevue de deux minutes... pas trois minutes... deux minutes !..

L'oncle terrible, vif comme la poudre, se leva à son tour :

— Je proteste. Cette entrevue ne peut avoir lieu. Monsieur ne nous apporte aucune preuve que le mariage puisse se faire. Son père reste aussi formel dans son refus. Mon avis est donc qu'il faut attendre le consentement avant que de permettre à ces deux enfants de se voir... Pour moi, en ce moment, une chose est bien certaine : le mariage ne se fera jamais... jamais!..

— Monsieur, dis-je, d'une voix tremblante d'émotion, votre affection pour votre nièce vous fait voir une difficulté insur montable. Oui, je vous apporterai le consentement, bientôt. Et, ce jour-là, vous regretterez vous-même de vous être montré, aujourd'hui, trop cruel envers nous, de nous avoir fait à tous deux un bien grand et bien inutile chagrin...

Mme Roberval interrogeait des yeux l'oncle terrible...

Il se laissa tomber dans son fauteuil, de mauvaise humeur, secouant la tête,

sans prononcer un mot... Mme Roberval,
debout, attendait, réfléchissant... Puis,
prenant une résolution soudaine...

— J'ai pitié de deux jeunes gens : ma
fille va venir...

L'oncle terrible bondit :

— Mais quel rôle me faites-vous donc
jouer, à la fin ! s'écria-t-il, en s'adressant
à sa belle-sœur, moitié riant, moitié
furieux. Vous me suppliez d'assister à votre
entrevue avec ce jeune homme. Vous me
donnez pour mission d'empêcher vos élans
de générosité, d'attendrissement. Vous
m'affirmez qu'il me suffira d'une parole,
d'un clignement d'œil... Ah ! Ouitche ! Je
fais entendre une véritable voix d'ogre,
et vous ne m'entendez même pas, et vous
cédez parfaitement à vos élans de générosité et d'attendrissement, et vous dites :
« Ma fille va venir. ! »

— Alors, moi, je fais horreur à ce jeune homme. Il s'en va, emportant du vieux monsieur une détestable opinion... Eh bien ! cela ne sera pas... Non. monsieur, le rôle d'ogre, quand il s'agit de l'amour, n'est pas dans mes cordes, Je comprends, j'admire la jeunesse qui aime. Vous avez parfaitement raison d'aimer ma nièce, qui est une adorable enfant, et j'ai tout lieu de croire qu'elle a parfaitement raison de vous aimer... Et je fais des vœux sincères par la réalisation de vos deux rêves !...

Maintenant, ma nièce peut venir !... »

Mme Roberval sortit.

Mon cœur battait. J'allais me trouver en face de la Petite Providence. Je n'étais plus le voyageur qui, de Saint-Brieuc au Mans, avait bavardé un peu à tort et à travers, et s'était comparé à Robinson

Crusoë ; le voyageur reconnaissant d'une soirée en chemin de fer, qui, à son passage à Paris, faisait une visite à ses compagnons de route ; le voyageur qui apportait un souvenir de Vichy à une jeune fille mille fois gracieuse et exquise. Maintenant, j'étais le futur mari, et un grand trouble m'envahissait.

La Petite Providence parut... Je m'avançai vivement je la regardai, cherchant son regard, mettant dans le mien, toute la reconnaissance qui était en moi... La Petite Providence partageait mon émotion. Elle me tendit la main, j'avançai la mienne, et nos deux mains tremblantes restèrent unies quelques instants...

Nous tremblions ; pas un mot n'était sur nos lèvres...

L'oncle, terrible rompit le silence et, faisant asseoir sa nièce, railleur :

— Eh bien! ma nièce, comment va votre santé?

La Petite Providence sourit...

— Parfaitement bien, mon oncle...

— Alors, ce malaise de ce matin?...

— Entièrement disparu, mon oncle...

— Il était réel cependant...

— Oh! mon oncle, pouvez-vous en douter!...

— Je n'en doute pas... Et c'est monsieur qui est cause de ce prompt rétablissement?...

— Peut-être...

— Mademoiselle, j'obéirai à Madame votre mère qui ne veut pas que cette entrevue soit longue, parce que je ne viens pas, apportant le consentement de mon père. Ce que j'ai à vous dire peut d'ailleurs se dire en très peu de temps : « Je vous aime, je vous suis reconnaissant de m'aimer, d'avoir confiance en moi. » Oh ! cette confiance, gardez-la ! car je reviendrai bientôt. Ce sera le jour du premier bouquet blanc...

— J'ai eu confiance, le premier jour, et depuis, et hier, et aujourd'hui, et je l'aurai demain, cette même confiance... jusqu'au jour où vous viendrez !... Que vous tardiez ou non, vous me trouverez toujours confiante !...

— Merci !... oh ! merci !...

— Si Monsieur votre père nous fait attendre une année, deux années... plus longtemps, je vous attendrai... S'il le faut, je mourrai vieille fille... Mais, il ne me mettra pas dans ce vilain cas... Ah ! je fus très heureuse, lorsque la lettre de votre ancien professeur me demanda en mariage pour vous... « Encore un curé qui quête pour son église ! » dit ma mère, en lisant la signature... Eh ! non, il quêtait pour vous, Monsieur !...

— Mademoiselle, notre temps d'épreuves est à sa fin. Nous allons entrer dans une période plus riante. Mais, la première, tourmentée, bien tourmentée, celle-là, avec ses espoirs et ses désespérances, alors que j'étais à votre conquête, que je croyais quelquefois toucher au but et que, l'instant d'après, je me voyais bien loin, bien loin, me sera tout aussi chère, car le meilleur des souvenirs s'y rattache : j'ai appris pour la première fois que vous m'aimiez, que vous faisiez des vœux pour mon succès...

A la période tourmentée, que moi je vois déjà dans le passé, va donc succéder une période heureuse: Le rideau tombera sur les difficultés, et, cette fois, le décor sera riant, et fera présager un quatrième acte qui finit bien.

— Il sera bien gentil, notre quatrième acte. Pendant sa durée, nous nous verrons, nous nous écrirons, nous nous dirons les belles choses que l'on pense, quand on s'aime, nous attendrons sans crainte la fin de ce bel acte, et la chute du rideau, après que vous aurez mis votre main dans la mienne pour toujours !...

— Et c'est ainsi que cela finira, monsieur. Continuez donc à avoir du courage, foi en l'avenir ! Vous le voyez, je crois, moi...

— Écrivez-nous bien vite le résultat de votre dernière tentative, car j'ai l'espoir que ce sera la dernière, me dit la mère de la Petite Providence.

Je pris congé. Le soir même, je retournais au Havre, heureux de savoir mon amour partagé, réconforté par les bonnes

paroles de la Petite Providence, et ne
voulant plus penser que notre mariage ne
se ferait jamais.

VIII

Vingt jours se sont écoulés, depuis mon voyage à Paris.

Je pense avec tristesse à mon enthousiasme pendant et après mon entretien avec la Petite Providence.

Ah ! ce jour-là, le consentement me paraissait saisissable ; je le voyais tout près, je n'avais qu'à étendre la main... Et je faisais des promesses ! Et je montrais le succès arrivant en quelques minutes !...

A mon retour au Havre, je voulais immédiatement faire « la dernière » tentative.

Ma mère m'en dissuada.

— Tu vas gâter les choses ! Laisse-moi l'obtenir, ce consentement...

Et vingt jours se sont écoulés ! Ah ! il prolonge ma torture, mon père ! Il me soumet à une longue épreuve !.. Espère-t-il donc encore que fatigué, découragé, abattu, sans forces désormais, trouvant enfin que la Petite Providence ne vaut pas toutes les souffrances endurées, je me déciderai à abandonner une lutte si douloureuse qui menace de s'éterniser ?..

Il doit avoir cet espoir. Il me témoigne une grande froideur. Et, si je me laisse vaincre, cette grande froideur se changera en démonstrations d'amitié, en félicitations chaleureuses. Alors, pour me consoler de mon sacrifice, attendri, il me pro-

diguera les distractions, ne me refusera
plus rien, puisque je ne demande plus la
Petite Providence, et se multipliera pour
m'étourdir, m'amuser, me faire oublier...

Je n'ai qu'un mot à dire, et je retrouve
mon père d'autrefois, bon, affectueux, et
quelquefois prêt à satisfaire des caprices
de fils gâté ! Inconscient, j'en suis sûr, de
tout l'égoïsme de sa conduite, il désire que
je fasse un abandon héroïque. Il ne pense
pas que je mourrais de cet abandon. Il n'a
peut-être jamais aimé, lui, peut-être jamais souffert, au point de sentir que tout
est fini, quand la femme aimée est
perdue !..

Il y aurait cependant une telle reconnaissance en moi ! Je l'aimerais tant ! Je le
verrais si grand, si bon ! s'il me disait,
enfin, abandonnant les pitoyables raisons
qu'il doit donner à ma mère :

« Au-dessus de tout, je mets le bonheur de mon fils. Épouse donc la jeune fille de ton choix !... »

« J'attendrai », m'a dit bravement à Paris, la Petite Providence. Mais, Mme Roberval !

Vingt jours écoulés, et, depuis, rien, rien... pas une lettre de moi, pas un mot !

Pourquoi écrire de nouveau, promettre, mentir !...

« **Pauvre Petite Providence ! que de fois, pendant ces vingt jours, a-t'on dû vous dire : « Vous le voyez, rien n'arrive, rien n'arrivera, c'est fini ! » Et pourquoi voulez-vous qu'on espère, autour de vous, quand moi-même, je commence à douter ! »**

.... La fin de décembre approchait. Encore dix jours et la nouvelle année ferait son apparition. Malgré mes désillusions, un nouveau rêve — encore peu réalisable

11.

— germait en moi : Être à Paris, aux premiers jours de l'an, souhaiter un mari à la Petite Providence, et, aussitôt, lui annonçant que j'avais le consentement paternel, demander à l'exquise voyageuse du train de Saint-Brieuc au Mans, si elle pensait toujours trouver le bonheur à mes côtés dans la vie...

Je fis part de ce projet à ma mère... Elle répondit par un : « non... non... » de la tête...

Je poussai un grand soupir...

« Allons ! il fallait encore chasser cette vision !... »

.   .   .   .

Dehors, ce jour-là, le soleil resplendissait, réchauffant une journée froide. Je sortis. C'était l'heure de la marée. Je me rendis à la jetée. Les flots étincelaient sous les rayons du soleil. Les promeneurs

marchaient vite, s'arrêtant de temps en
temps, pour contempler l'immensité des
flots, ou regarder l'entrée d'un navire à
voiles, d'un paquebot. L'air vif de la mer
passait. On le respirait à pleins poumons.
Il récréait le cerveau, rendait joyeux. Et
les promeneurs, le col du pardessus re-
levé, faisant tournoyer leurs cannes, sifflo-
tant des airs, reprenaient leur marche in-
terrompue, marchant vite.

Les femmes, le manchon abritant l'o-
reille exposée à la brise piquante, riaient
follement.

Là, tout près, au-dessus des vagues, les
mouettes tournoyaient et décrivaient de
grandes courbes gracieuses.

Et voilà que, moi aussi, je me sentis
moins triste.

Les pensées pénibles, qui courbaient
ma taille, s'en allaient. Je laissai errer

mon imagination. Il me semblait que la Petite Providence se rapprochait de moi. Puis, je ne la voyais plus : une grande barrière nous séparait. Mais la disparition n'était que d'un instant. La grande barrière peu à peu, s'abaissait, me laissant apercevoir de nouveau, le gracieux visage aimé. La Petite Providence souriait... La barrière s'était encore abaissée : maintenant, la Petite Providence pouvait me tendre la main :

— Aidez-moi donc à enjamber !

Je m'empressais de lui accorder mon aide....

Elle enjambait, en riant, arrivait près de moi, me tendait les deux mains :

« Monsieur, voici votre femme !... » Puis, mon imagination errant toujours, je voyais qu'un grand événement avait eu lieu : notre mariage ! Notre voyage de

noces était terminé, et, de retour au Havre,
nous faisions une promenade, sur cette
jetée ensoleillée, tout près des vagues
qui scintillaient et des mouettes qui décrivaient leurs grandes courbes gracieuses...

Et, alors, ne voyant plus rien de ce qui
m'entourait, le sourire aux lèvres, en faisant tournoyer ma canne, l'âme bien loin,
bien loin, en plein ciel des amoureux, je
me mis à marcher très vite, ne me rendant
pas compte de la distance que je parcou-
rais, et, tout à coup, je m'arrêtais tout
saisi, je relevais la tête...

J'étais devant la porte de notre habita-
tion...

Laissant retomber ma tête sur ma poitrine, sentant un grand froid qui pénétrait
en moi, je poussais un profond soupir...

Excessivement las, je montais les escaliers... Ma mère m'attendait dans l'anti-

chambre. Tout émue, elle me regardait...
Et, voyant mon visage fatigué, elle fit un
geste de pitié... Puis, ouvrant la porte du
salon, elle me poussa dans la pièce...

Mon père se promenait de long en
large, paraissait joyeux... heureux comme
lorsqu'on accomplit une bonne action...

Il me dit :

— Grand fou ! pas une femme ne vaut
un pareil désespoir !

Et plus doucement :

— Tu serais très heureux, paraît-il, de
te trouver à Paris, dans une dizaine de
jours ?..

Tout étonné, je ne répondis pas...

— Je renouvelle ma demande : veux-
tu être à Paris, dans une dizaine de jours ?

Je fis de la tête un signe affirmatif...

Mon cœur battait à tout rompre...

— C'est oui, la réponse, n'est-ce pas ?..

Eh bien ! mon ami, eh bien !... J'ai réflé-
chi... et je vais t'apprendre une nouvelle
qui te surprendra beaucoup... mais qui te
surprendra agréablement : ce voyage peut
se faire...

Mon cœur battait, battait, battait...

— Seul ? fis-je à voix basse ?

— Non... un voyage... seul... tu as toujours pu le faire...

Ta mère consent à t'accompagner....
Moi, j'irai vous conduire à la gare... Il est
midi, passons dans la salle à manger...

Je regardais mon père, stupéfait. J'étais
très pâle, ne trouvant aucun remercîment,
ne pouvant d'ailleurs prononcer un mot,
tellement mon émotion était grande.
Une grande reconnaissance était en moi.
En ce moment, j'avais tout oublié pour ne
voir que son acte généreux. Je m'efforçai
de dire : « Merci... » mais je ne pus...

Mes yeux exprimaient ma joie, mon émotion, ma reconnaissance... Je lui serrai la
main avec force... Une grande joie m'inon-
dait... Mes parents me regardaient en
souriant. Et je pensais que mon triomphe
était complet et je murmurais :

— Petite Providence... ma femme !

IX

Le train nous emportait vers Paris, ma
mère et moi. Nous étions annoncés par
une dépêche. Un bouquet de lilas, commandé par télégramme, chez Lion, irait
apprendre, dans la matinée, à la Petite
Providence, que le consentement de mon
père était donné, que c'était un fiancé qui
arrivait...

Eh! oui, il arrivait, le fiancé! — Un
fiancé dont le cœur était en fête, dont la
main, de temps en temps, allait chercher

un écrin qui contenait la bague des fiançailles : une perle ; un fiancé, enfin, qui
sentait en lui une joie folle d'enfant et qui,
à chaque instant, pressait la main de sa
mère, en disant :

« Maman, je suis heureux. »

Le train, cet ami, dès la première mi
nute, dans le roman de mon mariage, ce
roman vrai, commencé en gare de Saint-
Brieuc et qui s'achèverait bientôt à Paris,
le train, joyeux au départ de Saint-Brieuc,
alors que les rideaux bleus de ses portières s'agitaient follement, le train, joyeux
encore, du Havre à Paris, lorsque ayant
prétexté une cure aux eaux, j'allais revoir
la Petite Providence, le train, triste lugubre, lorsque, désespéré du refus de mon
père, j'allais supplier, là-bas, à Paris, de
prendre patience, le train tour-à-tour gai
ou lugubre, suivant l'état de mon âme, me

semblait être aujourd'hui encore, en communion de sentiments avec moi. Il me semblait qu'il partageait mon bonheur. Il savait que l'on m'attendait : il ne roulait pas, il volait sur ses rails, le panache de fumée courbé par l'air qu'il fendait. Ce n'était pas seulement le train qui me paraissait joyeux. Lorsque nous arrivâmes à Paris, Paris aussi, la ville souriante, me sembla encore plus gaie qu'à mon voyage de septembre. Positivement, les monuments, les maisons, les passants, me souriaient. Les cochers étaient aimables, presque polis. Les voitures en passant ne vous éclaboussaient point, quoiqu'il eût plu le matin.

Nous déjeunâmes avec appétit. J'étais pressé de revoir la Petite Providence. Nous nous fîmes conduire.

Nous fûmes introduits. La Petite Provi-

dence et sa mère se levèrent et s'avan-
cèrent :

— Vous faites des folies, me dit la mère
de la Petite Providence, en me menaçant
du doigt et en me montrant le bouquet
de lilas qui émergeait de son immense
ruban faye et satin...

— Vous m'avez gâté, Monsieur, ajouta
la Petite Providence...

— Nos chagrins sont finis, Mademoiselle, mon père, pour nos étrennes, donne
son consentement à notre mariage...

— De belles étrennes, Monsieur, dont
je remercie du fond du cœur Monsieur
votre père, et puisqu'il n'est point là
pour recevoir mes remercîments, je prie
Madame votre mère d'en être l'interprète
près de lui...

— Ils seront transmis, soyez-en certaine, Mademoiselle, répondit ma mère...

La Petite Providence me tendit la main.

Je la pressai et nous échangeâmes un long regard...

— Je suis heureuse, murmura-t-elle.

— Ce mot me comble de bonheur, me paie de tous mes chagrins...

— Vous avez beaucoup souffert, n'est-ce pas ?..

— J'avais une si grande peur de vous perdre...

— Oh ! moi, j'avais confiance. J'étais persuadée que vous finiriez par gagner la bataille, cette bataille dont dépendait non seulement votre bonheur, mais le mien...

— Vous m'aimez donc beaucoup ?

— J'aurais été très malheureuse, si je n'avais pu devenir votre femme...

— Mon parti était pris, j'avais trop souffert ; si mon père avait persisté dans son refus, je me tuais...

— Ne parlez pas ainsi et cependant je
sens que moi-même je n'aurais pas eu la
force de surmonter mon affliction. Le chagrin aurait eu raison de ma santé, de ma
vie... Ne pensons plus à ces choses tristes,
Monsieur, vous l'avez dit, nos chagrins
sont finis. Dans peu de temps, nous serons
unis, nous passerons notre vie l'un près de
l'autre. Nous évoquerons souvent le souvenir de ce merveilleux voyage de
Saint-Brieuc au Mans — la première
page de notre roman... Vous continuerez,
n'est-ce pas, à me donner ce beau nom
que vous m'avez donné, lorsque vous
ignoriez mon nom : Petite Providence ; je
m'efforcerai de le mériter... L'oncle de la
Petite Providence entra.

Après avoir salué ma mère, il me serra
la main...

— Victoire sur toute la ligne ! me dit-il.

Je demandai à la mère de la Petite Providence la permission de passer l'anneau des fiançailles au doigt de sa fille...

Je le passai en tremblant...

— Décidément, dit l'oncle, en riant, je crois que le mariage se fera.

X

. . . .

Et *Ils* partirent — en voyage de noces —
vers cette Bretagne où ils s'étaient vus
pour la première fois.

Ils arrivèrent à Saint-Brieuc, à six
heures du soir, à l'heure où partait le train
qui, quelques mois auparavant, les avait
emportés tous deux.

Quelques jours après, ils étaient à
Bréhat, cette île pleine de grandeur et de
poésie, merveilleuse, féerique, avec sa

magnifique ceinture d'immenses rochers
— des géants — avec ses phares qui, la
nuit, lui font un diadème de feu; cette île
pleine aussi d'une grâce mignonne, où, en
ce moment, les pâquerettes émaillaient
les prairies, paraissant plus blanches, plus
immaculées, au milieu du vert sombre...

— Un vrai nid, n'est-ce pas, pour deux
amoureux, Petite Providence ? Elle le
regarda en souriant, et dans ce sourire,
elle fit passer toute son âme :

— Je vous aime... Je vous aime... Oh !
votre pays ! Cette île où vous êtes né, où
vous avez été tout petit, cette île si belle,
si poétique que vous aimez, qu'elle m'est
apparue comme le pays bien digne d'un
homme tel que vous !...

— Petite Providence, je vous aime !...

FIN.

12

DROLE DE PETITE FEMME !

LA NÉVROSE D'OCTAVIE

Octavie, ce soir-là, avait les joues très roses, les yeux très brillants...

De temps en temps, son regard interrogeait la pendule. Et, alors, sa petite bouche faisait la moue, sa main nerveuse dérangeait les mèches de cheveux, frisotées sur le front, et ses bottines exécutaient, sur le tapis, une véritable marche...

Pan, pan, pan, pan !

Oh ! le vilain !.. l'affreux monstre, le hideux mari !... hideux, hideux, hideux !..

12.

me faire ainsi poser !.. M'avoir dit, tout-
à-l'heure, avec un accent d'une grande
sincérité, accompagnant sa promesse
d'une petite claque sur la joue... un peu
trop fort même, la petite claque.. *Mes
belles paupières* (c'est son mot dans les
jours d'expansion) mes belles paupières,
je serai de retour à neuf heures.. Le
temps de faire une partie d'écarté... une
seule... une toute petite... et je reviens
me faire dorloter par toi, me blottir dans
tes jupons...»

Et moi, assez neuve, assez bête — oh !
oui, bête — pour lui permettre cette
odieuse partie...

— Va, mon ami, va !

J'avais l'air de l'encourager.

Il fallait lui dire sévèrement :

— Non, Alfred, vous n'irez pas... Il
neige mon ami, tu attrapperais un rhume

de cerveau, tu parlerais du nez pendant huit jours...

Je le connais, pas de volonté pour un centime, il serait resté là, et je ne passerais pas la soirée à broyer du noir...

Neuf heures un quart, je m'ennuie, je m'ennuie je m'ennuie... Et j'ai beau répéter que je m'ennuie pour me désennuyer, je m'ennuie quand même... Arrive donc, petit mari, arrive donc !... Ne fais pas ton train de marchandises... Prends l'express... Mets-toi à cheval sur le fil télégraphique, mais arrive, arrive !....

Ah ! un vacarme, un ouragan, dans l'escalier... C'est lui !... »

Octavie, du coin du feu, où, dans un fauteuil, elle était pelotonnée, comme une chatte bien frileuse, s'élança à sa table de toilette. Bien vite, elle plongea la houpette dans la poudre de riz et, approchant sa tête chiffonnée de la glace, tout près, tout près, elle se poudra le nez, le front, le menton, le cou, n'épargnant que les joues et les oreilles, pour qu'elles parussent plus roses, au milieu de toute cette neige...

— D'où viens-tu, Monsieur le retarda- taire ?... Mais, d'abord, viens m'embras- ser... Je te gronderai après...

Et Monsieur le retardataire qui comp- tait sur une perturbation atmosphérique, se hâtait d'approcher, aimable, souriant...

— Ma petite Octavie !... que tu sens bon !

— Mon chéri, mon mignon !..

Délicieuse, croquante, elle se haussait sur la pointe des pieds, les yeux à demi fermés, le bout de la langue entre les dents, les mains croisées derrière le dos :

— Boujou !

— Et maintenant, Monsieur, venez me rendre compte de votre conduite... Pourquoi ce retard ?... C'est donc bien amusant, ce café ?... C'est donc chose bien terrible, que de passer sa soirée avec sa femme ?... Voyons ! pourquoi es-tu en retard, dis ?...

— Ma petite Octavie, tu es une exquise bonbonnière que l'on craindrait de casser, je t'en supplie, ne te fâche pas... Pourquoi je suis en retard ? Voici, je jouais, je gagnais, j'ai laissé passer l'heure oubliant que la plus jolie, la plus adorée des femmes m'attendait, je suis un misérable !...

— Alfred, je vous pardonne...

— Oh ! que tu es bonne, que tu es adorable !.. Il est bien franc, ce pardon ?...

— Pourquoi ne serait-il pas franc ?..

— Je ne sais; mais, depuis un instant, tu ne fais guère attention à mes paroles... Tu es donc fâchée !... Tu as l'air de réfléchir, les yeux dans le vide... Je viens de vous dire, Madame, que tu es exquise, adorable... Voyons! écoute donc ! Ah ! c'est ennuyeux !... Tu ne m'écoutes pas... Mais à quoi donc penses-tu ?...

Et il la secouait, la secouait... Mais Octavie, fermant les yeux, se laissait secouer...

— Voyons ! Est-ce donc parce que je suis en retard que tu boudes?... Tu reprendrais ton pardon ?...

— Non, non, non, non...

— C'est que je ne pouvais pas m'en aller : je gagnais... M'entends-tu? je gagnais, et je n'ai pas l'habitude de faire Charlemagne... Char-le-magne...

Et, sur l'air des lampions, il répétait :

— Char-le-magne, Char-le-magne !... »

Puis, tout à fait fâché, il laissait échapper ce mot énorme :

— Ah ! zut ! à la fin...

Alfred, en homme qui au bout de quelques années de mariage, en prend tout à son aise avec sa femme, ne s'occupait déjà plus du mutisme d'Octavie, et, philosophiquement, regardait monter la fumée de son cigare... Tout à coup, un bruit de sanglots lui apprit que son indifférence portait bien mieux que tous les discours, toutes les câlineries...

— Pourquoi pleures-tu ?

— Tiens ! tu ne m'aimes pas, tu voudrais me voir morte !... Tu me vois triste, triste, regardant dans le vide, et tu ne me demandes seulement pas pourquoi je suis triste, pourquoi je regarde dans le vide...

— Ah ! pardon... pardon ! Jamais l'Espagne, il me semble, n'a eu de plus grand inquisiteur. Ne t'ai-je pas demandé tout à l'heure pourquoi tu *faisais* ta petite Mater Dolorosa... Je te le demande même encore. Ce n'est pas de ma faute, si tu as des bizarreries de caractère... Allons, allons ! sèche tes larmes, grande enfant, et faisons la paix !... Désires-tu quelque chose ! Parle !... un bijou ? une toilette ? Parle vite ! Mais, pour Dieu !... essuie ces pleurs qui te rougissent les yeux... C'est très vilain d'avoir les yeux rouges... Vrai !... Est-ce un bijou, une toilette... Quoi enfin ?

Octavie, tout en pleurs, faisait signe que non ?...

— Écoute : le plus simple, vois-tu, serait de me dire franchement, ce que tu veux... Je ne suis pas un cannibale, je ne te mangerai pas... C'est clair, c'est évident !.. Que veux-tu ? La chose est accordée d'avance... On n'est pas plus accommodant, n'est-ce pas ?... Je prête l'oreille... les deux oreilles même... J'attends les ordres de ma femme, les ordres...

Octavie, suffoquée par les larmes, trouvait à peine la force de répondre :

— Ce n'est pas une toilette...

— Alors, c'est un bijou ?

— Non... non.

— Pas un bijou non plus ! Tu deviens inquiétante, ma parole ! Aide-moi, je t'en prie, Octavie, ma petite Octavie ! C'est donc quelque chose d'énorme que tu as à me demander... de prodigieusement énorme ?... Va ! parle quand même... Tu sais, je ne me laisse pas facilement désarçonner...

— Je n'oserai pas... non, vois-tu, je... n'oserai pas...

13

— C'est ma barbe qui te fait peur ?

— Oh ! ne ris pas, je t'en supplie, ne ris pas !..

Octavie mit dans cette prière un accent déchirant... « Ne ris pas, ne ris pas ! »

Alfred la regardait, inquiet, la tête renversée sur son fauteuil, chaque sanglot lui secouant tout le corps...

— Je te demande pardon, ma pauvre enfant, si j'ai pu te causer quelque peine...

Dans une crise, elle se précipita à son cou, se serrant contre lui comme une enfant craintive, collant ses joues brûlantes, rouges, baignées de larmes, aux siennes, et, alors, Alfred, abasourdi, ahuri, abruti, entendit ce mot prononcé timidement, d'une voix très douce, très basse, suppliante, suppliante :

— Fouette-moi !

OCTAVIE EN BATEAU

Un matin, Alfred proposa à Octavie une promenade matinale...

La promenade fut acceptée.

— Où, me conduis-tu ? demanda-t'elle d'un petit air étonné.

Alfred souriait...

— Tu es gentille, va ! et je t'aime !..

— Mais, ce n'est pas répondre, méchant !..

— Tu es une exquise petite femme. J'aime ton babil amusant, j'adore les

gants très longs que tu portes, le frou frou
de ta robe, tes bottines pointues, le « sillage » parfumé que tu laisses après toi.
Lorsque je travaille, mon bureau s'éclaire,
prend un air de fête, quand tu y entres !..

Octavie ferma la bouche de son mari de
sa petite main gantée...

Elle retira sa main...

— Parlez, maintenant, Monsieur... Et si
vous recommencez à me faire des discours,
je vous repunis !..

— Vois-tu, là-bas, ma mignonne, ces
deux mâts noirs de fumée, et ces pavillons qui flottent au gré du vent, et la
grande pancarte portant le mot gigantesque :

TROUVILLE

Vois-tu les heureux du jour, les privi-
légiés se poussant, se bousculant, prenant

le bateau à l'abordage !... Vois comme tout ce monde-là paraît content !...

— Tais-toi, je t'en prie...

— Me taire ?..

— Oui, oui, tais-toi !...

— Pourquoi ?..

— Parce que...

— Tu es prise ! Tu grilles d'envie de te joindre à la troupe joyeuse... Eh ! oui, ils partent pour le gai voyage. Dans une heure, ils seront sur la plage que l'on devine, là-bas, dans la brume... Eh bien ! c'est une affaire entendue, réglée, nous aussi, nous partons pour Trouville... En avant, marche !...

— Quelle trahison !... Non, nous ne partons pas !... La mer est grosse et j'aperçois, au large, un petit point noir... Tu sais ce terrible petit point, qui, d'abord microscopique, s'enfle, s'enfle, s'étend, devient un ouragan noir et terrible...

— Un petit point ?... Non, je ne vois pas...

— Là-bas, là-bas ;... entre les deux nuages...

— Mais non, ma chérie, ce petit point n'existe que dans ton imagination !

— Regarde... la mer est basse... Il faut descendre, descendre ... Cette grande échelle me fait peur... Je n'ai pas le pied marin, moi !...

— Enfant ! ne suis-je pas là ?...

Et tous deux descendirent : elle, riant et tremblant tour à tour ; lui, guidant ses petits pas craintifs...

Mais, aussitôt descendue, elle devint brave :

— Au casino, nous jouerons aux petits chevaux !... Je prendrai « le 7... ». Le 7 me porte bonheur !...

— Tu prendras le 7 !...

Quelques minutes après, le bateau fendait avec rapidité la vague bleue ou, pour être plus dans la vérité, la vague jaunâtre, laissant après lui une longue trace d'écume...

— Que c'est joli, le sillage ! on le dirait argenté !... Alfred, que veut dire : « *Beware of pickpockets !* »

Oh ! que c'est difficile à prononcer, cet anglais ! Çà vous déchire la bouche...

— Beware of pickpockets : Prenez garde aux voleurs !...

— Mais, mon ami, cette pancarte n'est pas flatteuse pour les voleurs...

— Chérie, mes bottines me font atrocement mal... J'avais cependant commandé du « quarante »...

— Oui, mais, j'ai revu ton cordonnier et je lui ai commandé du « trente-huit »...

je ne veux pas que tu sois chaussé comme un manant...

— Petite malheureuse ! je souffre comme un damné... je vais marcher les jambes en cercle...

— Ne me gronde pas, Alfred, si tu savais comme je t'aime !...

; — Mais il n'y a pas de rapport entre mes bottines et ton amour...

— Vois donc cet homme qui se met debout sur un pliant...

— C'est un menton bleu...

— Un menton bleu ?..

— Oui... un comédien...

— Ah !...

— Il remplit le rôle de Choppard... Tu sais, Choppard, dans ce terrible drame : *Le Courrier de Lyon...* Maintenant, il imite le jeu de Sarah Bernhardt...

— Il n'a pas la voix d'or, par exemple !

— Dam ! c'est de la comédie en bateau !

Les premiers moments d'une traversée sont bien gais; mais, peu à peu, le tangage, le roulis, la vague se brisant contre la tôle et l'odeur du charbon, semblent se coaliser pour porter un défi à la joie générale.

Octavie aussi paraissait inquiète, et, de temps en temps, avait recours à la pastille souveraine.

Alfred faisait des prodiges pour ranimer la conversation languissante, pour occuper l'esprit de son amie.

Il lui montrait les grands navires fuyant à l'horizon, la côte du Havre s'éloignant peu à peu...

La pâleur d'Octavie allait croissant...

— Je souffre, je souffre... murmurait-elle, la tête dans ses deux mains...

Alfred, transformé en infirmier, tenait

13.

religieusement l'un de ces meubles peints
en vert, accessoires précieux de tout bateau transportant des passagers...

Hélas ! le moment vint... Moment cri-
tique... Les digues étaient rompues, le flot
se précipitait, ne respectant même pas les
vêtements de l'infirmier...

— Ah ! dit Octavie, entre deux sanglots,
un voyage à Trouville a du pour et du
contre !..

— Oh ! oui, ma chérie, répondit Alfred,
en s'essuyant...

.... C'est le soir. Le temps est beau.
Les étoiles scintillent. Le bateau de Trouville fend les vagues phosphorescentes et
retourne au Havre. Au large, les feux des
navires. Plus près, les feux des bateaux de
pêche. Sur le bateau de Trouville, la gaîté,
des rires, des chants...

Octavie a le pied marin, maintenant.

Elle n'est pas malade. Ils viennent de s'asseoir sur deux pliants. Elle est bien lasse
et elle appuie sa tête sur l'épaule d'Alfred...

— Tu n'as pas froid, chérie ?

— Un peu...

Avec mille précautions, il la couvre de
son pardessus...

— Tu es bien ?...

— Très bien... merci !..

Elle approche son siège tout près, tout
près du sien... Elle lui tend les lèvres...
Il y appuie les siennes, doucement, afin
que les voisins n'entendent pas... puis,
avec un mouvement frileux, elle blottit sa
tête dans sa poitrine...

— Alfred, je vais dormir !..

OCTAVIE PÊCHEUSE

Assis, tous deux, au bout de la jetée du Havre, caressée par le flot qui passait en montant, Octavie, la petite femme, et Alfred, le petit mari, venaient de prendre une très grande résolution, très grande, surtout de la part d'Octavie qui, le matin, trouvait des douceurs ineffables, à blottir sa blonde tête, dans les profondeurs creusées dans la plume chaude de l'oreiller...

En s'amusant à jeter des galets dans

l'onde phosphorescente, entre les ploufs!
produits par lescailloux à leur entrée dans
l'eau, ils avaient décidé que l'aurore les
trouverait, le lendemain, sur la plage, courant sur les galets, égratignant leurs
bottines aux blocs pointus, se mouillant
les pieds dans les pauvres petites flaques
d'eau abandonnées lâchement, cruellement, par la mer, en se retirant, pêchant
des crabes, et aussi tous les coquillages
qui, en cette matinée solennelle, vou-
draient bien se trouver sur leur passage...

— J'adore la pêche! s'était écriée
Octavie, dans un grand enthousiasme,
attirant les regards des nombreux promeneurs... « j'adore la pêche!...

— Tais-toi donc, Octavie, on nous
regarde!...

Il est vrai qu'on la regardait, cette
petite femme à la mine chiffonnée, à l'air

très crâne, au teint un peu bruni par les
rudes caresses de la brise venant du large,
qui avait pour la pêche de telles amours !...

— Ainsi, tu aimes la pêche, mon ange !
moi aussi...

— C'est affaire entendue, mon ami...
Demain, nous nous levons à l'aurore...
Nous faisons un tout petit premier déjeuner... Nous venons sur la grève, pêcher
des crabes...

Alfred, poète à ses heures, déclara que
ce n'était pas seulement pour les crabes,
qu'il s'arracherait au sommeil; mais,
aussi, pour jouir du spectacle de la mer, à
la première heure du jour, d'une mer de
beau temps, calme, unie, apportant des
senteurs fortes, récréant le cerveau, mettant de la joie dans l'âme, lui donnant
une grande paix, d'une mer de beau
temps, que l'on voit grandir, grandir,

grandir, à mesure que les brumes s'en vont...

— Et nous entendrons le bruit des rames, qui plongent en cadence dans la mer... ajouta Mme Octavie... J'adore le bruit des rames !

— Ne parle pas si fort, je t'en prie !

— J'adore le bruit des rames, répéta, tout bas, Octavie, d'un effet charmant dans le grand silence qui plane encore sur Monsieur Neptune, à cette heure matinale...

— Nous entendrons le bruit des rames et, quand la brume disparaîtra, comme un rideau de théâtre qui se lève, nous verrons, mouillés en rade, une multitude de bateaux de pêche, attendant l'heure de la marée, pour entrer au port...

... Peu à peu, la nuit était venue. Les phares de la Hève scintillaient sur les falaises, le port s'illuminait, et, en rade, les vapeurs promenaient leurs feux, rouges à tribord, verts à babord, blancs au haut des mâts. Et les feux blancs semblaient exécuter de grands saluts, quand l'étrave du vapeur plongeait dans la lame... Du grand paquebot transatlantique, des fusées s'élançaient vers le ciel...

— Oh ! j'adore la mer, mon chéri !... Je serai sur la grève, avant l'aurore, tu verras !...

— Soyons-y, à l'aurore, sur la grève... ce sera bien suffisant !...

— Non... non... avant !...

Octavie et Alfred s'attardaient, tenus sous le charme, ne pouvant se résoudre à quitter la jetée...

— Il serait prudent d'aller dormir... hasardait Alfred.

— Encore une petite minute, je tiens

essentiellement à savoir si le feu, là-bas, se rapproche ou s'éloigne !...

Aussi, Octavie, en se glissant dans les draps, était-elle bien fatiguée, bien fatiguée, et, c'est d'une petite voix brisée qu'elle dit à son mari :

— Bonsoir, mon ami... Dormons, veux-tu ? Quand on dort, le temps passe vite, et je suis si pressée d'être à demain !...

— Et, d'un ton de gourmande :

— C'est si bon, la brise du large !...

— Bonsoir, bébé !... J'ai pensé au réveil-matin. Il fait un bruit d'enfer. C'est lui qui, demain, nous réveillera...

— Bonsoir...

— Bonsoir...

. . . .

A l'heure marquée, le réveil, faisant son vacarme, exécutait un roulement formidable, arrachant brutalement, désagréablement, au sommeil, Octavie et Alfred...

— Levons-nous !

— Levons-nous !

« Levons-nous »... ils le dirent en même temps, je dois le reconnaitre, et avec le même entrain...

Et Octavie, doucement, traîtreusement enfonçait sa blonde tête dans les profondeurs creusées dans la plume chaude de l'oreiller, maudissant le vacarme, les roulements du réveil, et ce projet cruel de la veille qui la forçait à quitter un nid si bon, si doux... Se lever à l'aurore ! Non, non, non, non... mille fois, non !...

En ce moment, elle bâtissait des milliers de temples à la paresse ; elle savourait la douceur du lit, tenant les yeux obstinément fermés, trouvant qu'un bon lit est préférable à toutes les mers ; qu'une pêche aux crabes peut se remettre à huitaine, à

quinzaine, où, même, à une date plus
éloignée...

Pour bien affirmer sa prise de possession, sa volonté bien arrêtée de ne rendre
les armes qu'à la dernière extrémité, elle
environnait l'oreiller de ses deux bras :

— Non, petit, non, je ne te quitterai
pas !

Alfred, retenant son souffle, espérant
qu'Octavie s'était subitement rendormie,
ramenait avec des précautions infinies
draps et couvertures, s'enroulait, était
heureux, se trouvait bien, bénissait le
sommeil qui, de nouveau, s'était emparé
d'Octavie, riait méphistophéliquement...
Endormie, endormie !... La bonne affaire !... Une petite femme bien coura-
geuse, Octavie !... sans ce sommeil béni,
elle serait déjà debout, le harcelant, lui
disant :

— Allons ! debout !... hope ! grand paresseux !...

Arrachant couvertures, draps, oreillers, s'il avait fait le récalcitrant ; trempant le bout de ses doigts dans l'eau de la cuvette et l'aspergeant sans pitié...

Mon ami, dors-tu ?... murmura Octavie, prise d'un petit remords...

— Oui... répondit une voix, tout bas, tout bas...

Et, tous deux laissèrent se refermer les paupières lourdes de sommeil, et, sur les ailes des songes, s'envolèrent aux grèves féeriques où l'on pêche des crabes gigantesques, où l'on trouve des coquillages sans pareils.

OCTAVIE A CYTHÈRE

Son mari n'étant décidément point
l'homme rêvé, elle avait cherché ailleurs
son idéal ; elle avait cherché des moustaches aux courbes gracieuses, des cheveux avec lesquels elle pourrait jouer,
comme, autrefois, Dalila, avec les cheveux de Samson ; des cheveux bouclés,
frisotés, et non des rapières, comme les
cheveux de son mari, menaçant éternelle-
ment d'embrocher ses petites menottes...
Elle avait cherché, l'exquise petite

femme, cherché une voix douce, persuasive, qui la bercerait de charmantes choses,
quand *ils* seraient tous deux assis, côte à
côte, sur le canapé, qui lui raconterait de
belles histoires d'amour; qui saurait lui
dire de ces mille riens qui plaisent tant à
la femme, qui lui permettent de prendre
un air effarouché, quand les mille riens
sont trop osés, et de fermer de ses petites
menottes, la bouche qui les prononce...

Elle avait cherché, surtout, dans sa
scélératesse, l'habile nautonnier que les
périls d'un voyage à Cythère n'effraient
point, fort, robuste, qui sait conduire, en
se jouant, la barque enguirlandée de
fleurs, et qui laisse de la traversée des
souvenirs inoubliables...

Les moustaches aux courbes gracieuses,
les cheveux de Samson... en plus court...
la voix persuasive, caressante, les mille

riens, l'habile nautonnier avaient été vite trouvés, et, de sa voix la plus câline, Octavie avait demandé au nautonnier une petite place, dans son embarcation...

Le mets promettait d'être exquis ; flairant un morceau de roi, le nautonnier, qui, précisément avait faim, étendit sur la barque les plus belles draperies, afin que la passagère aux yeux bleus, à mine chiffonnée, n'écorchât point ses bottines, en embarquant.

Après de nombreux voyages, Octavie regretta ses fautes et pleura amèrement. Elle éleva des temples à la vertu et ses bottines piétinèrent le vice. Elle pensa, jalouse, à l'épouse vertueuse qui s'endort, le soir, la conscience calme, à côté de son mari ; à l'épouse honnête, qui peut lui faire sa confession, lui raconter l'emploi

14

de sa journée, minute par minute... Et, alors, elle se fit horreur...

Ah ! sa vie, désormais, ne serait plus qu'une vie de repentir, d'amers regrets ! Elle s'imposerait des pénitences, des prières, des jeûnes, elle remplirait son oreiller de cendre, et, jamais plus, elle ne regarderait les hommes, dans les rues, si ce n'est, cependant, les vieillards, pour se fortifier dans ses bonnes résolutions et prendre de plus en plus l'homme en horreur... Le nautonnier écrivit lettre sur lettre. Ah ! il pouvait écrire !... Elle ne répondit pas, d'abord ; puis elle répondit par cette lettre sèche :

« N'insistez pas, monsieur, je suis une honnête femme, vous perdriez votre temps, je ne veux pas tromper mon mari. »

Un mois s'était écoulé. Octavie avait

versé toutes ses larmes. Il ne lui en restait
plus. Et, maintenant, le terrible « reve-
nez-y » avait murmuré : « C'est moi ! »
aux oreilles de l'exquise créature. Elle se
mit à regretter l'habile nautonnier dont
les moustaches aux courbes gracieuses lui
chatouillaient le nez, elle se mit à regretter les prévenances touchantes qu'il
avait pour sa passagère et les barcarolles
qu'il lui chantait, quand elle était triste...

Elle maudit de tout son cœur la lettre
écrite, dans un moment de farouche vertu,
et, surtout, cette phrase énorme, pyra-
midale :

« N'insistez pas, monsieur, je suis
encore une honnête femme, vous perdrez
votre temps, je ne veux pas tromper mon
mari.. »

Il avait dû la traiter de petite fourbe,
qui sait repêcher sa vertu arrivée aux plus

grandes profondeurs, et devenir, subito, elle, la petite impure, une femme extraordinairement collet-monté qui ne plaisante pas avec son honneur... Ah! mais!... Oh! la vertu!... Elle lui faisait horreur, maintenant, la vertu! Avaient-elles l'air assez femelle de pigeon, ces bonnes petites femmes qui pouvaient raconter leur journée, minute par minute, à leurs maris qui baillaient!...

Avait-elle été assez cruelle pour le nautonnier, pour son ami, pour... Georges... Elle s'était reprise avec désinvolture, sans s'inquiéter si sa rupture mettait Georges au désespoir...

Le festin avait été beau, elle avait été gourmande, elle n'avait plus faim, elle quittait la table!

Elle n'avait plus faim, alors... mais, à présent!

Elle sourit et sa langue erra sur ses lèvres...

Lui aussi avait été gourmand, Georges... Et égoïste donc !... Elle se rappelait l'insistance qu'il mettait à lui faire promettre qu'il serait seul à la conduire à Cythère... Il fallait quand son mari se présentait pour canoter à son tour, qu'elle mît l'écriteau :

« *Défense d'entrer !* »

en lettres énormes, sur la barque qui se balançait sur les eaux...

Elle prenait un air de pudeur offensée, disant, le doigt sur les lèvres : « Chut » !

Puis, retirant son coquin de doigt :

Mon ami, ne soulevez jamais les voiles sacré du mariage ! »

Lui devenait jaloux, parlait d'aller cacher loin, bien loin leurs amours... en Amérique.

Et elle avait sacrifié ce Georges, qui

14.

voulait s'expatrier ! « Barbare ! maîtresse indigne ! » Des larmes lui montaient aux yeux. Elle se faisait horreur. Elle parlait de noire ingratitude, en montrant le poing à un pouf... Puis, comme elle était la femme des résolutions soudaines, elle décidait qu'elle ferait immédiatement visite à Georges, ce chéri, ce mignon, qui demandait à aller l'adorer en Amérique !

Elle est arrivée à la porte de la chambre de Georges... Son cœur palpite... Que va-t-il dire, en la revoyant ?... Sera-t-il cruel, à son tour ?.. Sera-t-il humain ?. Oh ! il sera humain, car elle a le secret de certain sourire mélancolique, un sourire de femme qui s'en ira, à la chute des feuilles...

— Comment ! c'est toi !... toi !... Octavie!... Ah ! que ton absence m'a fait mal !

Pauvre ami !... Je viens implorer mon

pardon... Je suis partie, parce que j'avais
des scrupules, des remords... Aujourd'hui,
c'est ta petite Octavie d'autrefois qui
revient, qui mettra dans ton appartement
un peu de sa gaîté... Bien triste, bien
froid, un appartement de garçon, quand
une femme n'y pénètre jamais !...

Et Octavie caressait le visage de Georges
du bout de son manchon...

— Tu pardonnes, mon maître, dis ?

— Relevez-vous, Magdeleine, vos pé-
chés vous sont remis !...

— Que tu es bon !... Si tu savais comme
j'ai besoin d'affection, moi !... Il faut que
je sache que quelqu'un m'aime, sinon je
suis malheureuse comme des pierres !...

Il faut que quelqu'un me câline, me
mange de baisers, de caresses !... Quand
on me néglige, je le sens, de suite, et,
alors, moi aussi j'aime moins, et je trouve

que mon amant est un second mari que je
me suis donné !... un second mari qui me
traite en pays conquis ... Pays conquis,
soit ! mais le pays conquis devrait lui
plaire tant et tant qu'il eût une peur con-
tinuelle de le perdre... Oui, je sais, on finit
toujours par en prendre à son aise... Ce que
l'on vous accorde aujourd'hui, ne vous sera
pas refusé demain... Octavie viendra à
l'heure fixée, s'en ira, après avoir été
gentille, bonne, aimante, amoureuse... Sa
visite quotidienne est certaine. Elle a
l'habitude de venir... pourquoi ne vien-
drait-elle pas ?... Et, alors, on joue au
mari, et adieu les prévenances, les câlineries, et les mille riens que, seuls, trou-
vent les amoureux et, alors aussi, les
femmes qui aiment qu'on les dorlote, font
ce que j'ai fait, s'en vont...

Octavie était femme, elle avait su bien

vite intervertir les rôles. C'était Georges
qui allait supplier, maintenant...

— Tu m'avais dit que les remords seuls
avaient été cause de ta longue absence ?..

— Oui, c'est vrai... Les remords !...
Mais pourquoi les remords ?.. Parce que
j'étais triste ; parce que tu me négligeais;
parce que tu ne me câlinais plus ; parce
que j'avais froid près de toi...

Dis, est-ce que j'avais des remords,
quand j'avais le cœur en fête ?... Quand je
sentais que tu m'aimais ?... J'ai eu des
remords, quand je n'ai plus été heureuse, quand c'était fini, le bonheur !...
Si je suis partie... va ! c'est bien de ta
faute !... Tu peux te le dire !... de ta faute !

Octavie s'était levée...

Georges eut une peur terrible de la
perdre encore une fois.

Elle était revenue, confiante, espérant

retrouver les beaux jours d'autrefois,
ayant foi en celui qu'elle avait adoré,
espérant que, du feu qui s'éteignait, il
saurait de nouveau faire sortir de grandes
flammes, et elle s'en irait !...

Il eut la vision de la séparation.

Il vit Octavie frileuse, engouffrant ses
menottes dans son manchon, le portant à
son visage, y plongeant son nez...

Elle était gelée, glacée. Elle ouvrait la
porte. Elle partait, tremblant de tous ses
membres. Elle se retournait, une dernière
fois, lui adressait un regard plein de reproches, et lui disait :

« Georges, j'avais froid, et vous n'avez
point su me réchauffer ! »

A son tour, il se mit à genoux, implorant
son pardon :

— Ma petite Octavie, je t'aime, je te
réchaufferai, je te câlinerai, je serai ton

esclave... Va ! moi aussi, je ne peux vivre sans toi !.. Si tu savais comme ma chambre m'a parue triste, nue, quand tu m'as abandonné ! Et, dans mon pauvre cœur, quel vide !

— Bien vrai, tu m'aimais ?

— Si je t'aime !..

— Et tu ne joueras plus au mari ?

— Oh ! non, je te le jure !...

Octavie fut quelque temps sans parler pensive... Puis, le regardant...

— Tu lui ressembles, tu sais, à mon mari, à Alfred...

Georges eut un soubresaut..

— Moi ?.. bégaya-t-il... moi !.. Ah ! par exemple !... la bonne histoire !

— Cette pensée que tu lui ressembles va encore me glacer, mon pauvre Georges... Jamais, non, jamais, je ne pourrais me mettre dans la tête que tu me parles

sérieusement d'amour !.. Ta redingote
même ressemble à la sienne ! Une redingote marron !..

— Je la retire...

— Trop tard, trop tard !..

Georges était consterné... Tout à coup,
il se frappa le front, fit une pirouette
joyeuse, et se précipita dans son cabinet
de toilette...

Il s'était rappelé que la petite Julia, qui
était venue la veille lui rendre visite, à la
sortie du bal masqué, avait oublié son
travesti...

— Attends, mon ange, attends, ma
petite Octavie !... Dans une seconde, je
suis à toi !... Et il reparut devant Octavie
ébahie... costumé en homard...

— Hein ! s'écria-t-il, triomphant, ton
mari, Alfred, se met-il en homard, pour
te parler d'amour ?..

Octavie, dans sa stupéfaction, fut quelque temps sans répondre, puis, lui tendant les bras, les yeux brillants :

— Oh ! maintenant, Georges, quand tu voudras... Je t'aime ! »

OCTAVIE SE CONFESSE A SON MARI

Sa petite femme le trompait. Il avait mis du temps à s'en apercevoir. Maintenant, il en était sûr. Elle le trompait. C'était un point acquis... Et il était fier de sa découverte...

« Ah ! la fine mouche ! la coquine ! » Et dire que, sans cette superbe pipe, en véritable écume de mer, là-bas, suspendue au mur, il ne se serait jamais douté qu'il faisait partie du régiment...

Lui trompé ! Eh ! parbleu ! il l'était !

Sa femme le lui avait dit. Si elle ne lui avait pas dit, est-ce qu'il le saurait ?... Certainement, non. Mais il sentait que sans la pipe, Octavie n'aurait jamais lâché son secret...

« Non, sans la pipe, voyez-vous ! »

— Bonjour, mon chéri, avait-elle dit, en arrivant tout essouflée, après une longue promenade. « Bonjour ! »

Et elle lui tendait sa coquine de joue, sa petite joue rose... « Allons ! monsieur, un baiser, vite ! Allons ! hâtez-vous ! » Et fermant à demi ses petits yeux malins :

« Hâte-toi, Alfred ! »

Oh ! la câline !...

Elle avait déployé un grand paquet... un grand, grand paquet...

— Qu'est-ce qu'il y a, là dedans, Octavie ?

Mais elle, sans répondre, continuait à retirer les papiers de soie qui enveloppaient l'objet. Et il y en avait, des papiers de soie ! Ça n'en finissait pas. Au moment de retirer le dernier, Octavie s'arrêta...

— Je t'en prie, Octavie, ne me fais pas languir !..

— Devine, Alfred...

— Devine... devine !.. Un couvert en ruolz ?...

Sa femme avait fait une moue : « Que tu es donc *commun*, mon pauvre ami !.. Tiens !... Vois...

Il avait regardé et avait poussé un petit cri de plaisir.

C'était une pipe, une pipe magnifique. Cette pipe était le plus beau jour de sa vie.

« Vrai, sans rire. » Justement, son ancienne était archi-culottée, sa femme avait eu là une idée de génie... « La chère enfant ! L'excellent petit cœur ! » Et il s'attendrissait, et il la remerciait avec effusion, et il embrassait sur les yeux, sur le bout du nez, sur les mèches frisotées qui formaient un tas de petits dessins, sur le front... Jamais, il n'avait été aussi violent dans ses expansions, étant d'une nature très froide... « Trop froide, beaucoup trop froide ! » disait, autrefois, madame Octavie... Ce jour-là, elle le regardait avec de grands yeux étonnés...

» Voyons ! finis, Alfred, tu me chiffonnes. »

Et elle lui donnait de petites claques sur les joues...

Tout à coup, elle lui noua les bras autour du cou et l'embrassa froidement....

— Alfred, je vais tout te dire, tout, tout...

— Tout... Quoi ?...

— Je te trompe...

— Tu me trompe...

— Oui...

— Malheureuse !

— Allons ! ne fais pas l'enfant !

Elle l'avait forcé à prendre un siège et était venue s'asseoir sur ses genoux. Elle lui faisait des crocs aux moustaches en les roulant, comme elle l'eût fait d'une cigarette, entre le pouce et l'index...

... Oui, elle le trompait. Il valait mieux qu'il le sût, puisqu'elle le trompait... Il y a tant de femmes qui ne viennent pas raconter leurs petites affaires à leurs maris... Elle avait toujours été franche, toujours...

— C'était vrai, n'est-ce pas ?

Lui, roulait des yeux terribles...

— Certainement, c'était vrai ; mais,

ce n'était pas une raison pour... Est-ce
qu'il y avait longtemps qu'elle le trompait ?..

— Oh ! oui, longtemps !...

— Mais, alors, pourquoi avait-elle tant
tardé à le prévenir ?

— Ah ! voilà !... Il n'était pas gentil pour
elle. Non, pas du tout ! et froid !... Jamais
le plus petit mot doux... Jamais une caresse... Il devait bien penser, pourtant,
qu'elle n'était pas de marbre !... Aujour-
d'hui, il avait eu un élan de tendresse.
Sans cet élan, bien sûr, il n'aurait pas
encore été prévenu...

Elle se mit à parler avec vobubilité :

— Il devait bien comprendre pourquoi
elle le trompait... Tout était contre lui,
tout !... D'abord, le jour du mariage, l'on
disait :

« La mariée est exquise, ravissante...

Elle a des yeux qui pétillent... Mais, le marié,.. Ah ! vrai !... »

Il était vieux, le jour du mariage, lui ! quarante-deux ans... Elle, dix-neuf !... Il aurait pu être son père !.. Toujours sérieux, lui !... Elle aimait à rire... Elle aimait le Théâtre... Il ne l'aimait pas, préférant les parties d'écarté, au café, avec ses amis... Ah! elle pouvait le lui dire, ces parties d'écarté lui avaient été funestes !... Il fumait du matin au soir, comme un dragon, et il ne lui permettait seulement pas une petite cigarette... Et, avec tous ces défauts-là, il n'était pas riche... Une pauvre place de six mille francs !

— Une pauvre place de six mille francs ?...

— Mais certainement, une pauvre place !... Est-ce qu'elle pouvait seulement prendre une couturière à la mode ?...

15.

Non... sa place... la misère !... Et elle avait toujours aimé le confortable... Aussi, après le mariage, elle avait été malheureuse comme des pierres !... comme des pierres !... Sans se plaindre, cependant...

— M'as-tu entendu me plaindre, une seule fois, Alfred ?

— Non, certainement, ma bonne amie... mais, ce n'était pas une raison pour...

Elle éclata en sanglots, mouillant de ses larmes, le visage de son mari...

Celui-ci prit son mouchoir pour les essuyer...

— Non, pas le tien, Alfred, il n'est pas parfumé... le mien... là, à gauche, dans la poche de mon peignoir...

— Il embaume ton mouchoir, Octavie !... Mais pourquoi donc m'as-tu...

— Pauvre chéri, tu trouves ?... Le parfum te plaît ?...

Aujourd'hui, elle lui pardonnait tout.
Elle riait à travers ses larmes...

— Que tu as été gentil, tout à l'heure !
Tes baisers claquaient !... Tu es donc un
volcan ! Et je te croyais en pierre !

Très flatté, il tortillait sa moustache
gauche...

— Un volcan !... Eh, eh !... Oui... peut-
être... Mais, ma petite Octavie...

— Mon chéri, mon bibi, que je suis
donc contente de t'avoir apporté cette
pipe !... Il te plaît n'est-ce pas, mon petit
cadeau ?

— Oui, ma pauvre mignonne, tu as eu
une idée de génie... Mais...

— De génie !.. Que tu es bon !...

Elle avait eu bien du mal à choisir. On
ne sait jamais ce qui plaira... Alors, bien
vrai ! elle lui plaisait ?...

— Certainement... mais...

— Je t'aime, mon Alfred...

— Moi aussi, Octavie...

Ils se turent tous deux, se regardant les yeux dans les yeux... Il se fit un grand silence...

L'amour décochait ses flèches.

Et voici que Alfred est triste, lugubre. Il vient de mettre sa redingote noire des enterrements. Il a quelque chose de très grave à communiquer à Octavie. Il lui a dit d'une voix de basse :

— Octavie, asseyez-vous !

Et il s'est assis lui-même, et il lui a parlé ainsi, d'une voix caverneuse :

— Je vous ai aimé, je vous aime encore, je vous aimerai toujours, mais vous mè trompez et le devoir me commande de me séparer de vous...

Octavie s'est levée, toute blanche. Elle

a vu que sa confession tournait mal et, dans un rire forcé, elle s'est écriée :

— Te tromper, moi !... Mais tu es fou ! Tu n'as donc pas compris que c'était une plaisanterie ?...

— Une plaisanterie ?

— Mais, oui, pauvre chéri ! mon Alfred aimé ! Est-ce que, si je te trompais, je te le dirais ?

— C'est juste ! a répondu Alfred, de sa voix naturelle, et il a retiré sa redingote des enterrements.

OCTAVIE « BELLE PETITE »

Alfred, le mari d'Octavie, était mort. Il ne laissait à sa veuve la plus petite fortune.

Octavie ne voulait pas de la misère et elle n'avait pas de vertu. Elle partit donc pour Paris. Là, Mme Octavie changea de nom, elle devint Mlle Jeanne. Pendant tout l'hiver, elle eût un cortège d'amoureux et roula carrosse. Mais, quand l'été fut venu, le cortège se sauva à la campagne, aux bords de la mer, dans les stations ther-

males, et le carrosse ne roula plus. Un jour
de juillet, Mlle Jeanne regarda son porte-
monnaie. En le regardant, elle fit une bien
vilaine grimace, poussa de grands soupirs
et dans un accès terrible de colère, jeta à
terre la cigarette qu'elle était en train de
griller. Les soupirs étaient tellement gros,
que la concierge les entendit. Cette digne
femme voulut connaître la cause du grand
chagrin de sa plus jolie locataire.

En acceptant les hautes fonctions de
pipelette, elle avait, en même temps en-
dossé la belle vertu qui caractérise toute
concierge : la douce curiosité.

— Qu'est-ce qui vous prend, mon pauv'
pt'it chat du bon Dieu ?... dit-elle, tout
effarée, en apercevant deux grosses larmes
qui noyaient les yeux bleus de Mlle Jeanne.

— Eh ! s'écria celle-ci, on serait désolée
à moins !... Les bons amis qui me faisaient

des rentes et ils étaient nombreux, Dieu
merci ! sont tous partis, tous : Les uns,
en Bretagne, à Dinard ; les autres, en
Normandie, à Trouville... Voyez mon
porte-monnaie !... Regardez-le !... Il est
plat comme une punaise... C'est amusant,
c'est riant, vrai !...

— Ma petite, répondit la bonne concierge, je vous veux du bien !..

Vous êtes aussi noceuse, aussi fêtarde,
que Clara et Adrienne, deux de mes autres
locataires, mais, vous êtes polie envers
les gens, et moi, j'aime la jeunesse qui est
polie...De plus, vous avez du cœur, vous !...
Vous ne m'avez jamais oubliée à l'époque
des étrennes et dans beaucoup d'autres
circonstances, et ça c'est très bien ! très
bien ! très bien !... Écoutez donc le bon
conseil que, dans ma vieille expérience, je
vais vous donner...

— J'écoute, dit Mlle Jeanne.

Ayant aspiré une large prise de tabac, la vieille parla en ces termes :

— Mon pauvre petit rat, au lieu de moisir à Paris qui, à cette époque de l'année, ne vaut pas un radis pour les femmes qui vivent comme vous, du produit de leurs beaux yeux, faite, votre malle et filez, illico, à Dinard ou à Trouville, mais plutôt à Trouville !.. Vous retrouverez, là-bas, vos amoureux. Vous en ferez d'autres... Un véritable chapelet de cœurs... Vous savez aussi, mon enfant, que vous êtes en retard pour votre loyer. Clara et Adrienne m'on adressé des mandats de là-bas. Vous ferez comme Clara et Adrienne, et je ne serai pas dans l'obligation de vous prier de chercher un logement ailleurs... Ça me saignerait le cœur, vrai !

— Ma bonne madame Anastasie, vous parlez comme un livre et comme un livre qui parle bien !...

Dès ce soir, je pars pour le Havre. J'y passerai quelques jours pour redorer un peu mon blason... Vous comprenez, je veux étonner les populations par mes toilettes, en arrivant à Trouville. Or, pour étonner les populations, il faut de la « braise ». C'est ce qui me manque en ce moment. Je vous prie même de m'avancer une quinzaine de louis, pour faire face aux événements, en attendant que messieurs les Havrais ne m'aient garni tant soit peu mon escarcelle. Mais, comme les affaires sont les affaires, voici un diamant dont la valeur est double de celle que je vous prie de m'avancer. Vous me le remettrez le jour où je vous rendrai votre argent, accompagné, bien entendu, d'un

cadeau de votre petite Jeanne... Vous êtes
riche, ma bonne madame Anastasie, vous
ne refuserez pas ce service à une locataire
qui a pour vous beaucoup de respect et
d'affection...

A ce *speach*, la pipelette répondit :

— On est pauvre comme Job ou comme
l'enfant prodigue, quand il eût le gous-
set percé ; mais, pour tirer d'embarras
Mlle Jeanne, on se priverait du nécessaire !...

— Oh ! merci, merci !...

— Vous aurez vos quinze louis, mon enfant, et je vais ramasser votre bague, au
fond de mon armoire, dans une petite boîte
en carton, derrière une pile de mouchoirs
à grands carreaux noirs sur fond jaune...

Maintenant, un dernier conseil, ma fille !
Là-bas, au Havre et à Trouville, lorsque vos
belles menottes seront pleines d'or, votre

portefeuille bourré à crever, ne gaspillez
pas, pensez aux mauvais jours... Dans
mon jeune temps, j'ai appris une fable :
La Cigale... et la Fourmi. Soyez la fourmi.

Si vous êtes riche, vous serez toujours
respectée. On ne vous demandera pas
d'où vous venez. On trouvera que votre
argent vaut celui d'un Président de la
République... Donc, soyez économe !... »

Puis, s'approchant de Mlle Jeanne,
Mme Anastasie lui dit, tout bas, d'un ton
de conspiratrice :

— Surtout, pas d'amant de cœur !

Mlle Jeanne se précipita au cou de la
vieille et l'embrassa avec effusion.

Celle-ci, majestueusement, lui déposa
sur le front un baiser tout maternel et,
s'étant essuyé les yeux avec un grand
mouchoir à grands carreaux noirs sur
fond jaune, elle dessina en l'air, au-dessus

de la tête de Mlle Jeanne, une bénédiction magistrale...

A l'heure du train, Mlle Jeanne, flanquée d'une malle gigantesque, se fit conduire à la gare Saint-Lazare.

Quelques heures plus tard, elle arrivait au Havre et venait habiter l'une des plus vastes chambres d'une maison meublée de la rue des Pincettes...

Une demi-douzaine de belles-impures avaient déjà fait leurs nids dans cette maison, lorsque Mlle Jeanne vint y bâtir le sien.

La Parisienne fit placer sa malle gigantesque dans un coin de la chambre, retira son vêtement de voyage, se lava, se parfuma, et, après avoir passé un peignoir, fût frapper à la porte de sa voisine de gauche. Elle ne la connaissait pas, ne l'a-

vait jamais vue ; mais, dans ce monde
facile, les amitiés s'organisent et se désor-
ganisent avec une étonnante facilité.

— Ma toute belle, lui dit-elle, j'arrive
de Paris, et je ne viens pas précisément au
Havre pour faire pousser des fleurs à l'o-
ranger. J'ai, depuis fort longtemps, rompu
avec ces symboles de virginité et je ne me
réconcilierai pas jamais avec ces fleurs,
à moins que quelque prince de la finance
ne me conduise, un jour, à la mairie et à
l'Église... Embrassons-nous, ma chère,
vous êtes exquise !... Vous me plaisez, je
crois que je ne vous déplais pas trop :
soyons amies !... Vous êtes brune comme
une es-pagnole ; je suis blonde comme les
blés. A nous deux, nous ferons un couple
bien assorti. Les amateurs n'auront pas à se
plaindre, autrement, ils sont fort difficiles,
dans ce pays. Ils seront nombreux, j'en

suis sûre. Nous aurons un tableau, comme au manège, pour indiquer les heures des leçons et les noms des élèves... Mais, nous aurons soin de cacher le tableau !...

Ma chambre est entièrement à votre disposition. Vous y viendrez, quand bon vous semblera... Nous nous raconterons nos mutuels succès et les bonnes histoires auxquels ils donneront lieu. Nous rirons bien de nos imbéciles, car je suppose que Paris n'a pas le monopole des amauts imbéciles, et je m'imagine que le Havre, une grande ville commerciale, doit regorger de parvenus, enrichis en peu de temps, qui seront très fiers de nous exhiber à la ville jalouse... Notre but sera moral, ma chère : enlever à ces gros négociants « le bien mal acquis ».

- Agréez-vous ma proposition ? Voulez-vous que nous soyons amies ?

— Charmante ! vous êtes charmante !
Et je vous aime déjà, s'écria Athénaïs, la
brune, un peu jalouse, tout à l'heure, mais
enchantée, maintenant, à la pensée de
devenir l'amie intime de Mlle Jeanne,
qui possédait le chic suprême de la
Parisienne.

— Ce soir, ajouta-t-elle, je dine avec
quelques amis, à Tortoni. Vous êtes des
nôtres, à moins que quelques heures de
chemin de fer ne vous aient par trop
fatiguée ?...

— Fatiguée !... Ma bien bonne, je suis
cuirassée contre la fatigue. Dès ce soir,
je veux faire mes débuts, dans la vie
havraise...

Voici qu'il se fait tard, je vous laisse à
votre toilette, et vais m'occuper très sérieusement de la mienne.

16

Deux jours ne s'étaient pas écoulés, que Mlle Jeanne connaissait la cote des cascadeurs du Havre — hommes mariés et célibataires — tous cotés par la bicherie, non seulement selon l'importance de la fortune, mais encore, selon la facilité de » l'entraînement. »

Sa petite éducation faite, l'exquise Parisienne mesura ses sourires et ses faveurs, à la valeur du particulier qui l'invitait à la valse...

Dans la rue, Mlle Jeanne portait un costume fort sévère, mais très élégant, sortant des mains de la bonne faiseuse. Chez elle, elle recevait ses adorateurs, revêtue d'un peignoir qui paraissait plus léger que ce bonnet de Margot, toujours prêt à s'envoler par-dessus les moulins.

Le peignoir révélait une chemise de soie rose...

Des bas de soie, des jarretières et des babouches brodées complétaient son costume...

De la chambre de Mlle Jeanne, rien à dire. C'était la chambre banale de tous les hôtels meublés.

Vingt-quatre bottines, quatorze pantoufles, bien alignées, dans un coin, méritaient seules un petit regard.

Du reste, les visiteurs ne s'occupaient guère de la chambre, ni de son ameublement, se contentant de lorgner l'agréable personne qui en faisait les honneurs.

Mlle Jeanne recevait les nouveaux venus et, particulièrement, les possesseurs de têtes naïves, avec beaucoup de dignité ; de sorte que, quelques niais se trouvant intimidés, guettaient, en vain, un moment propice à une déclaration brûlante, et se désolaient, sincèrement, de la tournure

collet monté que prenait la conversation.
Mlle Jeanne savait prendre, à ravir, un
air ministériel.

En Parisienne malicieuse, elle se ré-
jouissait fort de l'embarras des pauvres
diables, tenus à distance, impitoyable-
ment. Puis, les grands supplices, de
même que les grands plaisirs, devant avoir
une fin, elle plongeait, délicatement, le
pouce et l'index, dans une délicieuse
bonbonnière, en retirait une pastille de
chocolat, et la fourrait dans la bouche de
l'amoureux transi, assis en face d'elle.

A partir de ce moment, la glace était
rompue et la conversation devenait inter-
ressante.

Mais, je demande à mes lecteurs, la
permission de voiler cette conversation
d'une gaze discrète...

Ils sauront seulement que les belles

menottes de Mlle Jeanne se remplissaient
d'or, que son portefeuille se rembourrait.
Elle ne pouvait recevoir tous ses admira-
teurs tous ses adorateurs. Mais, même
dans ses promenades, elle faisait le bonheur des gens qui ont des maîtresses pour
la galerie.

— Vous m'aimez ? mon cher, et vous me
dites que vous éprouvez un grand bonheur
à entendre les petites folies que je débite..
Eh bien ! votre amour, nous allons « le
causer » en faisant les cents pas, sur la
jetée... Bien des gens, envieront votre
« bonheur... »

— Mon blason se redore ! disait-elle à
son amie Athénaïs, la voisine brune. « Ils
sont charmants, nos amis, dans ce pays !...
Un peu endimanchés... La chaîne de
montre un peu trop grosse... trop appa-
rente, mais ils sont charmants !... Encore

16.

une huitaine de jours, et je ferai ma première apparition sur la plage de Trouville... *Nous ferons* notre première apparition, veux-je dire, car, il est bien entendu que nous ne nous séparerons plus... Nous étonnerons les hommes et nous écraserons nos rivales par nos toilettes et... par notre beauté... »

En attendant la grande bataille, Mlle Jeanne faisait de sérieuses escarmouches, ne perdait pas son temps. Sa cour augmentait de jour en jour. Les amis des amis, les cousins des cousins, avaient voulu la voir, lui présenter leurs hommages.

Elle avait eu facilement raison de tous les cœurs. Son sourire était si provoquant, si enveloppant, lorsqu'elle disait :

— Surtout ne vous ruinez pas en fleurs !... Les fleurs se fanent, mes amis...

Je veux de vous des souvenirs, non pas aussi charmants sans doute, mais qui me disent, dans un an, dans quelques années, toujours, combien vous fûtes aimables !... »

La belle enfant déployait, pour en arriver à ses fins, à peu près autant de zèle qu'un député en déploie pour se faire réélire — que la Chambre me pardonne cette comparaison !...

Elle était de toutes les parties fines. Jamais cabinets particuliers n'abritèrent de soupeuses aussi intrépides.

« Le Casino Marie-Christine », « Mainier », « La Broche-à-rôtir », à Sainte-Adresse, « La Maison-Rouge », « La Maison-Blanche », aux Phares de la Hève, « Frascati », « Tortoni », furent les théâtres de ses exploits.

Dans ces soupers mémorables, le vin de

Champagne et la gaîté de Mlle Jeanne, pé-
tillèrent à qui mieux mieux.

Les lendemains de ces nuits de fête, la
délicieuse Parisienne qui, malgré tout,
soignait sa petite santé, se rendait, vers
les onze heures du matin, à la plage. Elle
s'asseyait sur la terrasse de Frascati, pour
respirer l'air pur de la mer.

Là, tout en trempant ses lèvres dans un
Xérès généreux ou dans un bitter Havrais,
elle écoutait les flatteries de ses courti-
sans et donnait des rendez-vous...

A cinq heures du soir, tous les admira-
teurs de Mlle Jeanne se trouvaient sur la
plage.

C'était le moment solennel où cette
agréable personne prenait son bain, plongeait ses grâces dans les états de Mme Am-
phitrite, avec mille petits cris d'oiseau
effarouché...

Je vous laisse à penser, lecteurs, si l'on jouait des jumelles dans le camp du sexe à poitrine plate et même dans le camp du sexe à poitrine escarpée...

Puis Mlle Jeanne sortait de l'onde. Ce moment si redouté des femmes en général, était pour elle une cause de triomphe.

L'eau, en collant le costume contre la peau, dessinait des formes splendides. Et — est-ce la peine de vous le dire — Mlle Jeanne n'avait pas la cruauté de recouvrir ces formes splendides, de l'immense peignoir blanc. Nous devons, du reste, ajouter qu'elle le portait, religieusement, sur son bras gauche, pendant le trajet de la mer à la cabine...

Ce trajet, elle le faisait lentement, la main gauche renversée sur la hanche, la main droite libre serrant les mains... Elle

riait en entendant les compliments, sur
son passage, et disait moqueuse :

— Place, messieurs, place !...

Elle arrivait à l'escalier en bois... Et,
alors, on voyait ses jambes, ornées de ru-
bans rouges, gravir avec rapidité les
marches glissantes de l'escalier... Une
seconde après, la charmante apparition
disparaissait dans une cabine...

Un matin, Mme Anastasie, la vénérable
concierge de Mlle Jeanne, reçut du Havre,
la lettre suivante :

« Chère madame,

« C'est demain le grand jour !... De-
» main, votre petite Jeanne quitte le
» Havre, où elle s'est fort bien amusée,
» pour se rendre à Trouville...

» Je ne suis plus « dans le malheur »,
» ainsi que vous prouvera le mandat in-
» clus. J'ai trouvé, ici, des amis « très
» bien ». Mais, il me faut un champ de
» bataille plus vaste. Trouville me ré-
» clame !... Donc, c'est demain... A dix
» heures du matin, le steam m'emportera
» vers ce véritable paradis des femmes
» véritablement modernes. Et je le serai,
» moderne, ma bonne madame Anastasie.
» Des toilettes ravissantes me sont arri-
» vées de Paris... Demain, à dix heures
» du matin, moment de mon départ, con-
» sultez vos cartes, pour voir si j'aurai de
» de la veine !

  » Vous tenez, peut-être, à connaître les
» monuments du Havre ?... Il y a « Tor-
» toni », il y a « La Broche-à-rôtir », il y a
« Frascati », il y a le « Casino Marie-Chris-
» tine... » tous endroits où l'on s'amuse

» très bien.. Il y a aussi le musée, avec
» deux Grands Hommes de Lettres, de-
» vant, mais il est probable que l'on s'y
» amuse moins. Je n'ai pas vérifié...

» J'emmène un ami. Il est beau, il est
» brun, et a, au jeu, une chance merveil-
» leuse.

» Au revoir, ma bonne madame Anas-
» tasie, je vous embrasse,

» JEANNE ».

La vieille concierge avait secoué la tête,
à ce passage de la lettre :

« J'emmène un ami. Il est beau, il est
» brun, et a, au jeu, une chance merveil-
» leuse.

« Ma pauvre petite Jeanne ne décro-
chera pas encore la timbale, cette année,

murmura-t-elle et, moi, je ne deviendrai pas gouvernante de son hôtel... »

Néanmoins, elle consulta ses cartes...

Une larme lui monta à l'œil :

« Pauvre petite Jeanne !.. Pauvre moi-même !.. »

Et se laissant emporter par la colère...

— Ah! ce monstre de dos vert « brun », si je le tenais sous mon manche à balai !..

Et philosophiquement :

— Voilà la vie ! Elles plument les uns ; elles se font plumer par les autres ! Mlle Jeanne finira à l'hôpital !... »

17

GERMAINE

Ce n'est plus l'appartement vaste, meublé avec goût, luxueux même, que les deux amants ont habité, au commencement de leur liaison.

Ils habitaient, alors, leur petite ville natale.

Au Havre, dans la grande ville commerciale, où ils sont venus, ils habitent maintenant une toute petite chambre triste, nue.

Les bijoux de Germaine — cadeaux de

l'amant à la maîtresse — les livres de
Georges ont tous été portés à la salle des
ventes, vendus.

Un seul bijou, cependant, reste encore.
Mais, celui-là, on ne le vendra jamais, oh !
jamais ! Germaine a défendu qu'on le ven-
dît... « Georges, je t'en prie, ne t'en des-
saisis jamais ! »

Et, avec un pâle sourire :

— Ta petite femme te le défend !...

Ce bijou est une épingle en or, enrichie
d'un diamant, qui appartient à Georges...

Germaine lui a donné cette épingle,
quand ils étaient... riches, au temps des
splendeurs, au temps où l'avenir paraissait riant et doré, au commencement de
leur liaison : le premier cadeau. Et elle
ne veut pas... « Entends-tu, Georges ? »
elle ne veut pas que le cadeau qu'elle
vous a fait, aille où sont allés les autres

souvenirs de leur bonheur si vite passé.

Mais, la misère ne les a pas quittés. Un matin, Georges est parti le cœur gros, emportant l'épingle en or. Lorsqu'il est revenu, Germaine, sans rien dire, sans un reproche, l'a embrassé ; mais, ses larmes coulaient, et, encore une fois, elle a pensé au passé.

N'est-ce pas elle la cause des souffrances de son amant ?

Le père de Georges avait bien prévenu son fils, en lui disant, un jour :

— Si tu ne romps avec ta maîtresse, je te chasse, je ne veux plus te voir ! »

Alors, elle, dans son amour égoïste, au lieu de répondre à Georges, à ce jeune homme de vingt ans, dont elle perdait l'avenir : « Ami, n'irrite point tes parents, il faut me quitter ! » l'encourageait à se brouiller avec sa famille...

— Que t'importe ton père, pourvu que je t'aime, moi !.. Eh ! s'il te chasse, nous partirons, tu trouveras une place... Moi, j'irai avec toi où tu voudras, au bout du monde !.. Je quitterai ma famille sans un regret, sans regarder en arrière, puisqu'il s'agit de te suivre !... Et moi aussi je travaillerai... Nous unirons nos gains, comme nous allons unir nos vies... Nous serons heureux, tu verras !..

Qu'elle regrette maintenant ces paroles insensées !..

Le père, implacable dans sa colère, a chassé Georges. Ils ont quitté, tous deux, la petite ville. Ils sont venus au Havre, persuadés qu'ils trouveraient du travail... Et, depuis... rien, rien... Ils n'ont rien trouvé !..

Un mois s'est écoulé.

Les dernières ressources ont été épui-
sées. Et voilà que la maladie est venue !

C'est Georges qui est atteint. Il est là,
sur son lit grelottant la fièvre...

Germaine est près de lui, pleurant.

— Tu pleures, Germaine ?.. Console-
toi !.. Ces mauvais jours passeront...

— Je pleure, Georges, en pensant que
je suis cause de ton malheur !..

Mais Georges lui a défendu de parler de
cela...

... La nuit est venue. Germaine donne
la main à Georges, pour qu'il sache qu'elle
est là, dans les ténèbres — ils n'ont même
plus de lumière...

Georges est calme. Momentanément, la
fièvre l'a quitté... S'il pouvait dormir,
comme elle serait contente !.. Mais non :
voilà la fièvre qui revient, plus forte que
jamais... Le délire s'empare de lui... Il

murmure des paroles incohérentes, parmi lesquelles, Germaine attentive distingue ces mots : fêtes... dîners...

— Ah ! oui ! fêtes, dîners !.. répète-t-elle, les dents serrées, et pas seulement un remède, un aliment !.. Personne pour nous secourir !.. A mes explications, à mes prières, les médecins répondent brutalement : Envoyez-le à l'hôpital !

Après un long délire, Georges est tombé dans un anéantissement complet, laissant à sa maîtresse un moment de répit...

Et alors, dans cette horrible chambre, sans lumière, à côté d'un homme malade, seule, la malheureuse à senti qu'un grand désespoir l'envahissait, et lui retirait toute fermeté, tout courage...

« Oh ! oui... C'est trop souffrir !... Il vaudrait mille fois mieux mourir !.. Après la mort, on ne souffre plus...

Du reste, ils mourront, tous deux, Georges, de la fièvre ; elle, de faim... Oh ! elle, ça lui est égal ! La vie : triste chose !.. La mort : la délivrance, la fin des peines !.. Mais, Georges !.. si elle pouvait sauver Georges, en lui procurant une bonne nourriture, des médicaments !... Cette idée ranime un peu son courage... Sauver Georges, guérir Georges ! mais comment le sauver, comment le guérir, sans argent ?..

Pendant longtemps, elle a cherché une combinaison, et se creusant la tête, les bras tordus, et ne trouvant rien... rien...

Enfin, elle a trouvé... Mais comme elle est pâle, comme elle tremble ! Georges, Georges, réveille-toi et dis-lui : « jamais, jamais, cela ! » Avant de descendre dans la rue, elle s'est penchée, pour embrasser Georges...

17.

— Oh ! non... Je n'ose plus l'embrasser !.. »

Et, bien vite, elle est sortie de la chambre, craignant de manquer de courage, au dernier moment...

La voilà sur le trottoir...

Une « fille » passe, la regardant de ses yeux canailles, la robe relevée, afin qu'on aperçoive de loin le jupon blanc...

Pauvre Germaine ! qui n'as eu jusqu'à présent, d'autres amours que Georges, tu ferais concurrence à cette ignoble créature ?...

Jamais, n'est-ce pas ?

Pour ton cadeau, l'épingle enrichie d'un diamant, tu avais dit : « Jamais ! »

Et l'épingle a été vendue.

Voici qu'un homme vient. Il marche, lentement, ayant l'air de chercher « une bonne fortune. »

Germaine au bruit de ses pas qui résonnent, sent son cœur défaillir.

C'est pourtant le moment où il faut
avoir du courage, ne pas hésiter...

« Du courage !.. eh bien ! elle en
aura ! »

L'homme approche...

Est-il vieux ou jeune ? beau ou laid ?...
Ah ! que lui importe !.. L'homme s'est ar-
rêté, en face d'elle, sur l'autre trottoir,
il allume un cigare...

« Hâte-toi, Germaine. Vois, là-bas,
postée à l'angle de la rue, cette femme
qui, tout à l'heure, t'a regardée insolem-
ment... C'est elle qui gagnerait, qui te
volerait l'argent dont la vie de Georges
dépend !... »

Germaine a fait un pas... Non, décidément, non !... C'est trop hideux !... Elle ne
veut plus... Elle rentre...

L'homme a repris sa marche... Cette femme, là-bas, vient de l'apercevoir, elle relève sa robe ; le jupon blanc servant de phare, dans l'obscurité de la rue...

« Monsieur... monsieur... » a crié Germaine, comprenant que, avec l'homme qui s'éloigne, s'échappe peut-être l'unique occasion qui se présentera à elle de procurer à Georges des aliments, la guérison...

« Monsieur... monsieur... »

Et l'homme s'est retourné, entr'ouvrant déjà la bouche, pour lancer le nom ignominieux... Mais, en apercevant cette tête si fine, si jolie, il s'est écrié :

— Eh ! eh ! la petite jolie, sacredieu !

Quelle taille ! Quelles hanches ?.. Ces yeux qui lancent des flammes !... marché conclu, petite, viens ! »

Et Germaine a suivi l'homme.

Elle la possède cette somme, pour la possession de laquelle elle s'est vendue, elle a accompli le sacrifice qui remplit son âme d'un immense dégoût...

Elle marche précipitamment, dans le calme de la rue, contente qu'il fasse nuit. Il lui semble que la honte qui est en elle est écrite sur son visage, et que les passants devineraient cette honte...

Chacun comprend l'honneur à sa manière ; elle le mettait dans une entière fidélité à Georges. Et, cette fidélité, la misère la lui a arrachée !

— Oh ! Georges ! Georges ! » murmure-t-elle, en pleurant, « dans l'infortune qui nous accable, ce n'est pas toi le plus malheureux ! »

Mais, voici sa rue, et, là-bas, bien haut, la chambre où Georges est resté seul.

Tout à l'heure, elle marchait à grands

pas, pour arriver plus vite, et, maintenant elle n'ose avancer...

Oppressée, frissonnante, elle voudrait fuir, aller n'importe où, ne plus penser...

Oh! les baisers de Georges, lorsque, dans un instant, elle rentrera, comme ils lui feront mal !..

Et, s'il s'est réveillé pendant son absence ; malgré son mal, s'il s'est inquiété de cette absence, que répondra-t-elle à toutes les questions qu'il lui fera, à ces questions qui lui tortureront le cœur ?..

« Allons ! je suis folle... Georges dormait d'un lourd sommeil, lorsque je suis partie... Il est trop malade, pour s'apercevoir de mon absence... Je vais rentrer bien doucement... Pauvre Georges ! comme il souffrirait, s'il savait ! Mais, il ne saura rien... Moi seul souffrirai... Oh ! beaucoup, par exemple ?... S'il s'étonne de la petite aisance, qui va faire place à la misère, la générosité des gens sera mise en avant...

« La générosité des gens ! » répète-t-elle dans un rire nerveux.

Elle a repris sa marche, fiévreuse, fatiguée d'incertitude, pressée d'être au dénouement...

La voici, s'introduisant dans la chambre, les deux mains appuyées sur sa poitrine qui semble vouloir se rompre, sous l'émotion qui l'étreint...

Pendant quelques minutes, elle reste, debout, droite, à la même place, retenant sa respiration, écoutant... Puis, s'approchant du lit de Georges, elle l'appela, doucement d'abord ; ensuite, d'une voix plus forte :

— Georges, Georges !.,

Mais Georges ne répond pas...

— Georges !...

« Il dort... Il ne s'est donc pas aperçu de mon absence... Oh ! tant mieux !.. Que je suis contente !.. Je n'aurai pas la douleur d'une explication, d'un mensonge... »

Alors, accablée de fatigue, elle s'est laissée tomber sur un siège. Elle attend le réveil de Georges, en faisant des projets pour le lendemain...

« Oui, demain, elle ira chercher le médecin... Il viendra, cette fois : elle a de l'argent... Le pharmacien, aussi, sera payé comptant... Georges sera soigné, gâté par elle, qui, après sa trahison, doit lui témoigner plus d'amour, lui prodiguer plus de soins, que par le passé... »

Nerveuse, elle rit, elle pleure. Mais, la pensée de sa trahison domine...

Sa trahison ! Elle l'a trahi, trahi !.. Elle l'a trahi, lui, l'homme si bon, si dévoué, si

confiant en elle ! lui, qu'elle aime autant
qu'il est possible d'aimer !.. Et elle essaie
de se persuader qu'elle n'est coupable que
d'avoir été pauvre. Elle a lutté contre le
malheur et elle a été vaincue !..

Les minutes s'écoulent, longues, tristes.
La solitude lui pèse. Maintenant, elle voudrait que Georges l'appelât, l'étreignît
fortement dans ses bras, en lui disant,
comme autrefois, aux jours de bonheur :

— Ma petite Germaine, je t'aime ! »

Elle a besoin de se sentir bien à lui. Elle
pense à l'horrible étreinte de tout à l'heure,
aux baisers de cet inconnu...

L'étreinte de Georges, ses baisers,
comme ils vont paraître bons !..

Mais Georges dort toujours... Il dort...
Eh bien ! elle va le réveiller... Il sait qu'elle
est peureuse, la nuit ; que la moindre
chose l'effraie ; elle lui dira :

— Georges, j'ai peur, embrasse-moi ! »

Alors, se mettant à genoux, elle lui a saisi la tête, à deux mains, l'embrassant avec force...

Mais aussitôt, elle s'est relevée, pâle, effrayée, poussant un cri horrible...

Ses lèvres, en rencontrant le visage de Georges, ont éprouvé une sensation terrible de froid...

— Georges, Georges, crie-t-elle, haletante, Georges ! réponds... mais réponds donc !.. Georges !.. »

Georges n'a pas fait un mouvement, n'a pas répondu...

Espérant encore s'être trompée, elle appuie sa main sur le front de son amant...

Toujours ce froid qui lui révèle un malheur...

Pourtant, elle veut encore douter, et

elle réunit ses forces, pour asseoir Georges
sur le lit...

La tête pend d'un côté, le corps retombe,
inerte :

« Mort, mort ! »

Une année après, jour pour jour, Germaine mourait à l'hôpital du Havre.

Un petit journal lui consacrait les lignes
suivantes :

« La semaine dernière, est morte à l'hôpital, une pauvre fille qui, elle aussi, faisant des rêves d'or, quitta sa ville natale,
pour suivre son amant.

» Le commencement de son histoire est
donc le commencement de l'histoire de
beaucoup de femmes qui tombent : elle
aima de toutes les forces de son âme, avant
d'aimer pour vivre...

» Très jolie, blonde, les cheveux ébourriffés sur le front, belle femme, le corsage superbe, elle ne sut pourtant point captiver la Fortune qui passa à côté d'elle, sans la regarder, et accorda ses faveurs à d'autres impures qui n'avaient point sa beauté originale.

» Son jeune ami mort, ce jeune homme — son premier amour — qu'elle avait accompagné, au Havre, elle mit en vogue l'hôtel d'une vieille : proxénète qui, avec un talent particulier, savait dénicher les beautés et les mettait à la mode...

» Un soir, (on fêtait précisément la sainte Germaine, à l'hôtel de la vieille) au champagne, l'un des invités, qui savait la première liaison de Germaine, et qui avait à se plaindre d'elle, lui fit remettre cette lettre :

« Royaume des Ombres »,

« C'est aujourd'hui la Sainte Germaine.
» Ce soir, vous vous amusez. C'est votre
» affaire !..

» On m'a rapporté que vous vous con-
» solez fort bien de votre veuvage. Vous
» m'avez oublié. C'est bien. Je ne récri-
» mine pas. Je ne vous demande pas de
» la fidélité, après décès. Du reste, chacun
» est libre. Libre vous êtes. La mort rompt
» toute chaîne.

» Ce soir, en votre honneur, on réunit
» vos amis et leurs sultanes. Grand bien
» vous fasse !

» Au champagne, quand vous serez
» tous ivres, trinquez au mort !... Cela
» vous ennuiera, peut-être. Cela me fera
» plaisir...

» Vous savez l'espagnol ; vous chante-

» rez une chanson en cette langue. Mes

» ossements vous accompagneront.

» Ils feront les castagnettes.

» Bonsoir, mon ex-sultane, baisez

» mon crâne !.. Il est froid. Après boire,

» on a besoin de fraîcheur.

« Georges ».

La vieille, les invités, ivres, criaient :

— Un ban pour le revenant !... bravo !
Un toast au squelette !...

Germaine pâle, frémissante, les larmes
aux yeux, les suppliait de se taire.

Alors, la vieille enragée, se leva lui
criant :

— Bégueule !..

— Je vous en supplie !..

— Tu boiras avec tout le monde à la
santé du revenant !... Fallait pas qu'il
écrive !...

— Jamais jamais !..

— Ah ! rosse ! c'est ainsi que tu me récompenses de mes bontés pour toi !... Une fille que j'ai ramassée crevant de faim, et à laquelle j'ai donné pour amants des fils de famille !.. Tu boiras !

— Non, vous dis-je... je pars... »

La vieille s'élança et lui appliqua deux soufflets...

— Tenez-la ! ferme !... Elle boira... Je la ferai boire, moi !..

Deux femmes s'emparèrent de Germaine...

Alors, la vieille, levant son verre :

— Je porte la santé du revenant... A ses tibias, à ses femurs, et cœtera !...

Et, de force elle lui introduisit le verre dans la bouche...

Germaine se débattait...

Le verre étant vidé, la vieille, au paroxysme de la rage, le lui brisa sur la bouche...

— Dehors, grue, dehors !...

Germaine, la bouche en sang, sans chapeau, sans manteau, échevelée, s'enfuit en courant...

A partir de ce jour, ce fut encore, pour elle, la misère.

Elle dût habiter les logements insalubres, dans les rues étroites, où l'on a froid. Elle passa les journées au lit, parce qu'elle n'avait pas d'argent, pour acheter du charbon, et qu'elle voulait dormir, pour oublier qu'elle avait faim.

Elle devint l'insouciance même, prenant le plaisir quand il venait; oubliant, dans les nuits de fête, que, le lendemain, il ferait encore jour, et que la nourriture prise en trop dans les semaines de veine, n'empêche point que l'on ait faim, dans les semaines de déveine...

Et, enfin, vint l'écœurement. Elle fut prise d'un immense désir de revoir sa petite ville natale, la maison où elle était née, sa mère, son père, et elle écrivit là-bas...

Les parents qui ne virent point son désespoir, les pleurs versés, qui ne la savaient point si malade, si près de mourir, ne lui répondirent point...

Et elle est morte, il y a quelques jours, à l'hôpital du Havre ; morte de misère, d'anémie, et, surtout de chagrin...

Le corbillard s'en allait lentement, par les rues, suivi de quelques jeunes gens :

L'un d'entre eux dit :

— « C'est le vice que nous allons enfouir !... »

Au même moment, une voiture, chargée de bagages, croisa le convoi. Elle portait

18

la vieille proxénète qui, fortune faite, se retirait « des affaires », et partait pour une petite ville de province...

Montrant la vieille, un autre jeune homme riposta :

— ... Et c'est la vertu qui va se faire dame de charité, quêter à l'église, aux jours de grande fête, et mourir en odeur de sainteté... »

Et les jeunes gens répondirent en chœur :

« Amen ! ».

Tours. — Imp. E. Mazereau.